AF186158

Ulrike Gramann

Die Unberechenbarkeit des Lebens

Bellevue

Die Deutsche Bibliothek verzeichnet diese Publikation in der Deutschen Nationalbibliografie.
Detaillierte bibliografische Daten sind im Internet abrufbar unter: http://dnb.d-nb.de

1. Auflage 2023
© 2023 Marta Press UG (haftungsbeschränkt),
Hamburg, Germany
www.marta-press.de

© Umschlaggrafik: Susanne Wolf-Kaschubowski
© Layout: Andreas Imhof

Printed in Germany.
ISBN: 978-3-968370-30-9

Inhalt

für Dr. My

Der Quellgarten

In einer Stadt, in einem Garten entsprang eine Quelle. Dort lebte die Quellgärtnerin, eine Wasserfrau. Tags ging sie auf Füßen, bestellte den Garten und fabrizierte feine Speisen aus Früchten und Gemüsen, die sie trocknete, saftete, gelierte, säuerte, salzte, einlegte, fermentierte und mit Schokolade überzog. Die Delikatessen verkaufte sie auf dem Wochenmarkt und hatte ihr Auskommen davon. Abends saß sie allein im Quellgarten und trank ein Glas von dem Schlehenwein, den sie im Herbst angesetzt hatte. Und mit dem letzten Schluck verwandelten sich ihre Beine in einen Fischschwanz, sie sprang in die Quelle, schwamm im Rund des Quelltrichters und ruhte dann bis zum Morgen in der kühlen Tiefe, vom Wasser umströmt. Das tat sie zu jeder Jahreszeit, denn aus dem Wasser kam ihre ganze Kraft, und selbst wenn die Temperatur im Winter einmal unter null fiel, fror die Quelle nicht ein. Der Bach aber, der von der Quelle gespeist wurde, floss ein paar Gärten weiter in einen unterirdischen Kanal, der Kanal leitete den Bach in den Fluss, und der Fluss war es, der der Stadt ihren Namen gab.

Der Garten der Wasserfrau lag inmitten anderer Gärten, die verpachtet waren. Doch ging sie weder zu den Versammlungen der Menschen, die sich in einem Verein zusammengefunden hatten, noch mähte sie die Wiese zu flachem Rasen, wie es in den anderen Gärten Brauch war, sondern sie ließ Kräuter und Blumen miteinander wachsen. Oft kamen Leute aus der Nachbarschaft zu ihr und holten sich Rat, wenn der Mehltau über die Rosen gefallen war oder die Krautpflanzen unter dem Kohlweißling litten. Manche kauften ein Glas vom Honig der dunklen Bienen, die ein wenig abseits der Quelle in Körben lebten. Auch gab die Quellgärtnerin gern einen Krug des heilkräftigen Wassers her, der Mensch und Tier erfrischte und gegen viele Krankheiten wirkte. Berührten sich dabei die Hände der Wasserfrau und der Menschen, wunderten sich alle, wie kühl und glatt ihre Finger waren. „Kalte Hände, heiße Liebe", sagten die anderen Frauen manchmal, doch es war nur eine Redensart. Man wusste, dass sie sich abends zurückzog und wohl nie auf ein Glas Bier ins Vereinsheim kommen würde. Weil sie aber für jede und jeden eine halbe Stunde Zeit fand und eine Tasse Tee bereit hatte, drängte niemand sie mit Fragen. Vor jenen Menschen aber, die scharf zwischen Kraut und Unkraut unterschieden, das Quaken der Frösche nicht ertrugen und denen auch sonst jedes fruchtbare Gewese zuwider war, blieb der Quellgarten wie durch Wunder hinter altem Efeu verborgen, über dessen herbstlicher Blüte ein scharfes Schwirren lag, das zu Vorsicht mahnte. Bisweilen fragte jemand die Wasserfrau, ob sie sich nicht einsam fühle. Ihre Augen wurden groß, doch niemand sah sie weinen. Am Abend solcher Tage trank sie zwei Gläser vom Schlehenwein. Der zartbittere Geschmack legte sich auf ihre Zunge wie Pelz.

Die Erzählerin erwähnt extra, dass die Gärten mitten in der Stadt lagen.

Eines Frühlings wurde ein großes Planungsverfahren eröffnet. Die Stadt wollte Wohnungen bauen, denn es waren über die letzten Jahre Büros und Geschäfte eröffnet, sogar Betriebe gegründet worden. Viele Menschen, die dort arbeiteten, wohnten anfangs in den umliegenden Dörfern. Doch mit der Zeit wurden sie dessen müde, jeden Tag von weither zu pendeln, und wollten wohnen und arbeiten am selben Ort. Und damit hatten sie ja auch recht. Denn das würde nicht nur das gute Fachpersonal in den Betrieben halten und den alltäglichen Berufsverkehr mildern, sondern auch die Steuereinnahmen erhöhen. Dieser Gedanke gefiel den Frauen und Männern im Stadtrat. Doch der Baugrund war knapp. Da kam ein Stadtrat auf die Idee, dass der Gartenverein, der in der schweren Zeit nach dem Krieg gegründet worden war, auf städtischen Grund lag, die Pacht der Rede kaum wert war und keine große Einnahme.

Nicht wenige, die hier ihre Gärten bewirtschafteten, und manche, die sogar darin wohnten, erhielten einen Brief, dass die Pacht ausliefe und nicht verlängert würde, denn die Stadt habe andere Pläne mit dem Land. Fast die Hälfte der kleinen Gärten sollte zu Bauland werden. Rasch fanden die Betroffenen zueinander und gründeten eine Initiative zur Verteidigung ihrer Gärten. Sie fanden Verbündete aus der Wissenschaft, die erklärten, dass Gärten wie eine Lunge in der Stadt sind, und sie fanden Verbündete aus der Politik, die ihnen halfen, den Protest auf die Straße zu tragen.

Die Wasserfrau war nicht dabei. Ihr Garten lag nicht auf dem als Bauland bestimmten Grund, ja, er war nicht einmal in den Akten des Grundbuchamtes verzeichnet, man hätte schauen können, soviel man wollte. Auch die Quelle war in offiziellen Papieren nicht zu finden. Doch nicht deshalb hielt die Wasserfrau sich so zurück. Sie sah sehr wohl mit Sorge, was geschah. Als aber die Nachbarinnen und Nachbarn kamen und sie baten, eine Petition zu unterzeichnen, schüttelte sie den Kopf und sprach: „Ihr wisst, dass ich euch als Gärtnerin helfe und auch das heilkräftige Wasser aus der Quelle mit euch teile. Auf diese Art kann ich euch den Rücken stärken. Von meiner

Kraft darf ich jederzeit abgeben. Unterschriften leisten und mich einmischen, wie ihr eure Gesellschaft formt, das kann ich nicht. Bitte einigt euch untereinander."

Gerade das freilich gelang nicht, denn die Stadtregierung ging geschickt vor: Wer jetzt im Garten wohnte, sollte eine gute Wohnung in einem der neuen umweltfreundlichen Häuser erhalten. Wer den Garten bebaute, aber anderswo Wohnung hatte, bekam eine Austauschfläche draußen vor der Stadt, eine S-Bahn fuhr dorthin. So bröckelte der Widerstand, und bald war Baubeginn. Ach, es war ja auch schwer gewesen, Argumente zu finden, denn die Häuser waren kunstreich geplant und erzeugten ihr Klima selbst, sie waren im Winter warm, im Sommer angenehm frisch, und wenn es recht lief, so konnten sie sogar noch Energie ins Netz einspeisen. Und waren sie nicht gerade richtig hoch und niedrig, einfach und elegant? Blieb zwischen den Gebäuden etwa nicht Raum, grüner Rasen, auf dem man in der Sonne liegen konnte oder Federball spielen? Große Bäume, die man mit Vorbedacht hatte stehen lassen, spendeten freundlichen Schatten für die Bänke am Spielplatz.

Die Wasserfrau sah es. Doch sie nahm auch wahr, dass in den Sommernächten weniger Nachtigallen schlugen, denn die leben im dichten Gebüsch. Manche Frauen, die früher im Garten gewohnt hatten und nun umgezogen waren, kamen nicht mehr um Rat. Die Quellgärtnerin sah sie zwar noch, wenn sie auf dem Markt arbeitete, doch nicht immer blieben die früheren Nachbarinnen stehen, um ein paar Worte mit ihr zu wechseln und etwas von ihrem Eingemachten zu kaufen. Für den Schmerz in Kopf und Herz gab es Mittel aus der Apotheke, deren Name mehr versprach als das schlichte Wort Wasser. Und manch einer, der seinen Garten bewirtschaftete, konnte nicht vergessen, dass die Wasserfrau ihren Namen nicht auf die Petition gesetzt hatte. War ihre Haut nicht noch kühler geworden seitdem? Von den neu Zugezogenen verirrte sich selten jemand in die Gärten hinein, obwohl sie fast überliefen von Grün und Schönheit. Immer öfter trank die Wasserfreu ein zweites Glas des Abends, doch wie alle Wassergeister wurde sie nicht trunken vom Wein. Der Quellgarten sank tiefer hinter die Efeumauern.

In einem der neuen Häuser nun geschah es, dass der Boden unter dem Fundament sich ein wenig senkte. Eigentlich bemerkte es keiner. Nur ein Ingenieur, der abends gern im Keller werkelte, sah einen Riss, der sich durch den Beton zu ziehen begann, und vor seinem inneren Auge erschien das Bild eines sich vergrößernden Spalts, durch den Wassertropfen drangen. Ihn schauderte. Er begann den Riss Tag um Tag zu beobachten, sagte aber nichts zu seiner Frau, die vor einem Jahr ein Kind zur Welt gebracht hatte. Nach ein paar Wochen schien ihm, der Riss sei länger geworden, da zog er einen Bleistift aus der Tasche und markierte die Enden des Risses auf dem Beton. Und als er später sein Kind badete und das Wasser nur so spritzte, erschien ihm wieder das Bild von Wassertropfen, die durch die Wand drangen. Er sagte niemandem etwas davon, aber schlief täglich schlechter. Das Werkeln machte ihm keine Freude mehr.

Bewegung sollte helfen. So lief er jetzt jeden Abend um das Haus, das von außen stabil und sicher wirkte wie zuvor. Bald hatte er die ganze Gegend durchstreift, da trugen ihn seine Füße in die Gartenanlage hinein, eine grüne Welt mit alten Apfelbäumen und putzigen Gartenhäuschen. Eben noch dachte er, wie kitschig die doch wären, da wünschte er sich schon selbst so einen Garten. Ach!

In dieser Nacht schlief der Ingenieur wunderbar. Er lächelte, als er morgens das Kind in die Einrichtung brachte, und lächelte immer noch, als abends die Frau das Kind aus der Einrichtung geholt hatte und sie mit dem Kleinen spielten. Als es dunkelte, ging er wieder eine Runde laufen und lief direkt in einen der kleinen Wege zwischen den Gärten hinein. Und wie er den Boden so weich und doch fest fühlte unter den Füßen, da endete der Weg im Nichts, und mitten drin im Nichts sah er einen Durchgang in der Hecke, den passierte er und stand auf einer Wiese, die zwischen Gemüsebeeten und Obstbäumen im Mondlicht lag.

Er stand und schaute.

„Es ist spät", sagte eine Stimme. Er sah eine Frau in einem Korbsessel sitzen, die eben ganz bestimmt noch nicht dagewesen war. Sie trank einen Schluck von einer dunklen Flüssigkeit und sah ihm aufmerksam entgegen. „Aber Sie sind noch wach", antwortete er.

„Die Gedanken fließen so schön am Abend. Sind Sie deshalb hierhergekommen?", fragte sie, und zu seiner eigenen Überraschung hörte er sich sagen: „Ja. Man möchte sie trinken wie frisches Wasser." Sie lächelte und fragte: „Quellwasser?", und ohne Antwort abzuwarten, langte sie einen Krug vom Tisch, da war auch ein Glas, sie goss ein und hielt ihm das Glas hin. Er nahm es ohne Umstände und trank im Stehen, ohne danke zu sagen oder prosit. Das Wasser schmeckte ihm frisch und klar, tatsächlich, er fühlte die dunklen Gedanken davonfließen. Und die Frau wirkte so beteiligt, sie nahm Anteil an ihm, empfand er. Sie schwiegen. Als er sein Glas ausgetrunken hatte, war auch ihres geleert. „Sie müssen jetzt gehen", sagte sie. Er war plötzlich verlegen. Er wollte ihr die Hand geben, brachte aber nur ein kleines Winken zustande. Sie sah ihm zu. „Gute Nacht." Und als er sich im Gehen umdrehte, war sie verschwunden.

Am anderen Abend lief er früher hinaus, und er fand den Weg wieder, der in den Garten der Wasserfrau führte. Sie war noch bei der Arbeit, sie stand vor dem Tisch und putzte Erdbeeren und beerte schwarze Johannisbeeren ab und schnitt Pfirsiche in Stücke und schichtete das alles in einen Tontopf, wo sie es mit Zucker bestreute und mit Rum übergoss. Er konnte ihn riechen. Dann legte sie einen kleinen Teller auf die oben schwimmenden Früchte und setzte den Deckel auf. „Wird das ein Rumtopf?" Sie nickte. Sie drehte sich zu einer Wasserschüssel, die auf der Bank stand, wusch den Saft von Händen und Armen und warf sich auch eine Handvoll Wasser ins Gesicht. Es lief in Strähnen ihren Hals hinunter. „Sie erinnern mich an die Regentrude. Theodor Storm, wissen Sie?" Sie sagte: „Das ist ein Märchen", und er: „Und das ist wohl Ihr Gartenteich?" Sie lachte. „Sehen Sie nicht, wie bewegt die Oberfläche ist? Das ist eine Quelle. Gestern haben Sie davon getrunken." Sofort spürte er wieder die Kühle und Klarheit in der Kehle. Das war wunderbar. Aber vor seinem inneren Auge erschien zugleich der sich vergrößernde Spalt, aus dem Wasser quoll. „Der Grund", setzte er an, „ist von Wasseradern durchzogen", setzte sie fort. Ihre Augen waren wie Seen, und er erschrak vor der Unberechenbarkeit des Lebens.

„Möchten Sie meinen Rumtopf probieren?", fragte sie ihn, „ich habe heute die letzten Gläser vom vorigen Jahr verkauft, nur eines ist übrig, das schenke ich Ihnen." Er wollte es nicht annehmen, aber sie sprach: „Das letzte zu verschenken bringt Glück im Geschäft. Nehmen Sie es bitte." Es war noch hell, trotzdem beeilte er sich, nach Hause zu kommen, und überraschte seine Frau mit den süßen, durch und durch alkoholisierten Früchten. Sie küssten sich im Bett. Danach träumte er schlecht.

Am dritten Abend blieb er daheim, brachte das Kind ins Bett und baute im Keller an der alten Eisenbahn, die er dem Kind später schenken wollte. Als er zu dem Riss schaute, war der über die Bleistiftbegrenzungen hinausgewachsen, nur wenig, aber kein Zweifel war möglich. Dann kam ein Abend, an dem ihn die Unruhe spät noch hinaustrieb. Er fand auch den Weg, aber es war schon fast Mitternacht, und die Gärten lagen still. Der Mann trat gleichwohl ans Tor und versuchte, einen Blick ins Innere des Hauses zu erhaschen. Die Fensterscheiben spiegelten nur sein eigenes Bild.

Diesen Strang der Geschichte stellt die Erzählerin nun einen Augenblick zurück.

An einem Vormittag kam ein alter Mann, den die Wasserfrau lange als Nachbarn kannte, zu ihr. Er gehörte zu denen, die im Garten gewohnt hatten und nun zum Ersatz eine schöne, bezahlbare und ökologisch einwandfreie Wohnung zur Miete bekommen hatten. Sie sah ihm an, dass er schlecht geschlafen hatte. „Weißt du," sagte er, „wir dürfen die Fenster nicht öffnen, das verbraucht zu viel Energie und bringt die Klimasteuerung durcheinander." Und er schlief doch so gern bei offenem Fenster. „Soll ich dir ein paar Kräuter anmischen? Das stärkt den Schlaf und vertreibt die schlimmen Erinnerungen." Der alte Mann nickte. „Probier mal meinen Tee." Sie goss ihm eine Tasse ein und wies auf die Bank, grad dahin, wo gestern ihre Waschschüssel gestanden hatte. „Damals im Zuchthaus", sagte er, „nachdem sie mich verurteilt hatten." Er setzte sich. „Wenn ich nur einmal das Fenster hätte öffnen können, um einen Vogel zu hören. Es war weit oben", er zeigte, wie hoch, „viel zu klein. Ich sah

die Vögel nicht einmal. Nur ihre Schatten, wenn sie vor-
überflogen." Den Tee trank er in kleinen Schlucken. Die
Sonne schien so warm. Der alte Mann zog seine Schuhe
aus und stellte sie nebeneinander vor die Bank und legte
sich hin, da war auch ein Kissen, auf das er den Kopf
bettete, und klein, wie er war, ragten seine Füße nicht
über die Bank hinaus. Er zog ein gebügeltes Taschentuch
aus der Hosentasche und legte es sich über die Augen.
Als er aufwachte, war die Sonne am Sinken. Die Wasserfrau kam eben aus der Tiefe des Gartens und stellte
einen Korb mit Gemüse neben die Bank. „Was für ein er-
quickender Schlaf", sagte der alte Mann, „der mir solche
altmodischen Wörter zurückbringt. Das ist eine andere
Sache als in der Küche zu sitzen und heimlich ein Fenster zu öffnen, wenn es die Verwalterin nicht sieht." Die
Wasserfrau reichte ihm eine braune Papiertüte. „Komm
so oft du magst, und trinke jeden Abend eine Tasse Tee.
Immer frisch aufgießen, einen Löffel für eine große Tasse. Aber lass den Tee nur zwei Minuten ziehen. Sonst
wachst du mir am Morgen nicht mehr auf." Er fragte:
„Und wenn ich nicht mehr aufwachte, was wär denn da?"
Sie schüttelte den Kopf und sagte, er sei ihr noch ein
paar Geschichten schuldig. Die Quellgärtnerin kannte
viele Geschichten und Geheimnisse, die ihr anvertraut
worden waren.

Ein paar Abende später kam der Mann aus dem Neubau wieder gejoggt. Diesmal war alles anders, unheimlich. Was machte die Quellgärtnerin dort am Haus? Ehe
er es noch erkennen konnte, drehte sie sich zu ihm um
und schüttete die große Wasserschüssel über einem der
Beete aus. Das Wasser flog wie ein weiter Schleier aus Regen. Gleichzeitig begann ein Gewitter zu grummeln, ein
Blitz zuckte, es krachte, Regen setzte ein. Sofort waren

sie durchnässt. Sie lachte und ließ es zu und machte keine Anstalten, ins Haus zu gehen. Ja war sie denn ein Kind, dass sie so fröhlich in dem nassen Gras herumsprang?

Er wollte sie am Arm fassen und ins Trockene ziehen, sie aber sagte: „Ich bin Herrin in diesem Garten, bleib oder geh", und da war schon ihr Mund vor seinem Gesicht, und es durchfuhr ihn, er wollte nicht gehen, er wusste ganz genau, was er tat, wie ihm geschah und dass etwas auf ihn zukam, das er nur jetzt haben konnte, jetzt oder gar nicht, und ja, das wollte er, und dieser Dampf, ah!, gar nicht kalt, die Luft, die Haut eben noch kühl, jetzt heiß, und warum war sie auf einmal so groß, ihre Arme so füllig, ihre Vorderseite so weit wie das, dachte er das jetzt wirklich: wie das Meer, dachte er das?, und war er jetzt in diesem Meer oder das Meer in ihm? Sein Magen zitterte, und da war sein Herz, mitten in diesem Fließen, das von ihr ausging, fühlte er sein Herz zucken wie einen inwendigen Blitz, wieder war ihm heiß, dann kühl, Wind streifte die Häute, feuchter Zug, und etwas, das weiterwirkte, strich über seine Brust.

Später, als sie nackt auf dem Gras lagen, begann es ihm unbehaglich zu werden. Der Regen hatte aufgehört, irgendwo mussten seine Sachen sein. Die Wasserfrau richtete sich auf: „Eine Dusche habe ich nicht." Er nickte benommen. „Aber dort", sie deutete auf die kleine Bank mit der Waschschüssel, die war voll Regenwasser, da stand auch ein Krug, und er begoss sich mit Wasser von oben bis unten. Das war herrlich. Sie sagte: „Für deine Kleidung kann ich nichts tun." Was sah sie auf einmal so spöttisch aus? Er zerrte die nassen Sportsachen über die nasse Haut. „Beeil dich", sagte sie. Sie küsste ihn auf den Mund, aber als er zurückküsste, entzog sie sich. „Komm gut nach Hause."

Dem Mann wurde jäh bewusst, dass es spät sein musste, er sah nicht mehr, wie sie in die Quelle sprang, er eilte in den feuchten Klamotten, und die Schuhe scheuerten auf dem Rist der nackten Füße. Leise, als er vor seiner Tür war, drehte er den Schlüssel im Schloss, doch während er die Schuhe auszog, bemüht, dies geräuschlos zu tun, stand seine Frau vor ihm. Es war vier Uhr in der Frühe, sie hatte gewartet und überlegt, ob sie die Polizei anrufen sollte. Sie hatte sich gesorgt. Und wie sah er aus! „Das Gewitter", begann er sich zu entschuldigen. Da sah sie ihn an, als wolle sie ihn am liebsten schlagen, dann überlegte sie es sich, das konnte er sehen, und sie sagte nur kalt: „Was für ein Gewitter?", und glaubte ihm gar nichts mehr. Denn rund um das Haus und, wie er später auf Onlinewetter nachlas, nirgendwo in der Stadt hatte es geregnet geschweige denn gewittert.

Das war nun ein großes Unglück für den Mann, das er nur langsam abtragen konnte. Er schlief wenig und brachte oft das Kind in die Einrichtung, damit seine Frau des Morgens ein wenig mehr Zeit haben sollte, um sich auf ihre Arbeit vorzubereiten. Denn sie war sehr qualifiziert und zielstrebig und setzte sich durch im Betrieb, wo sie arbeitete. Das schätzte er durchaus und warf sich vor, dass er mit seiner Eskapade ihr den Kopf warm machte, wo sie doch Rückenstärkung brauchte. Und er gab sich alle Mühe. Etwas wurde gut, aber nicht richtig gut, und als er wieder einmal in seinem Kellerabteil an der Eisenbahn für das Kind bastelte, sah er, dass der Riss in der Wand viel länger geworden war und sogar ein bisschen breiter. Diesmal setzte er nicht nur Bleistiftstriche, sondern schrieb auch das Datum daran.

Die Wochen gingen dahin, das Leben ging weiter, man konnte seinen Lauf nicht berechnen.

In dieser Zeit kam der alte Mann, der nicht gut schlief, öfter in den Quellgarten. Die Wasserfrau und er tranken Tee miteinander, aber da die Ernte reich war und nichts von den schönen Äpfeln, Birnen und Gemüsen verlorengehen sollte, war die Zeit bemessen. So begann der alte Mann hier und da in den Beeten mitzuarbeiten, vielleicht aus Dankbarkeit, sicher aus Lust, und einmal sagte er: „Ach, wie hab ich das vermisst!" An Markttagen, wenn die Quellgärtnerin unterwegs war, blieb er da und erntete in der Morgenfrische. Allmählich kamen wieder mehr Menschen aus den verbliebenen Gärten, vor allem Frauen, die Rat für ihren Gartentag suchten oder eine Leckerei für das Abendbrot. Manche wollte sich auch abschauen, wie sie die Delikatessen selbst zustande brächte, denn im Internet schrieb nur einer vom anderen ab, Geheimnisse erfuhr man da nicht. Ganz wie die Quellgärtnerin zeigte auch der alte Mann gern, wie es ging. Die besten Kniffe, wie man die Sonne in den Duft der Konfitüren bekam und die erdigen Mineralstoffe in den Geschmack der Wurzelgemüse, gab jedoch auch er nicht heraus. „Ich bin zwar schon ein bisschen wacklig auf den Beinen", sagte er, „aber ein Geschäftsgeheimnis weiß ich zu wahren." Mittags schlief er eine halbe Stunde auf der Bank, danach werkelte er noch eine Stunde oder zwei, und wenn er abends ging, freute er sich schon auf den Tee der Wasserfrau, der ihm Schlaf und seit einiger Zeit auch bessere Träume brachte. „Ach, könnte ich doch ganz zu dir ziehen", seufzte er einmal, und die Wasserfrau antwortete: „Warum nicht?" Der alte Mann sah sie aufmerksam an und sagte: „Weil ich dann dein Geheimnis erführe?", sie antwortete wieder: „Weißt du es nicht längst?", und er erwiderte: „Es hat mit der Quelle zu tun und mit dem Schlehenwein." Sie sah ihn an, sie hatte sein

Herz bereits geprüft. „Du würdest ihn schon vertragen", sagte sie, „aber weißt du auch, dass du dann für lange Zeit die Quelle und ihren Garten hüten müsstest, gerade so, wie ich es jetzt tue." Er sagte: „Davor fürchte ich mich nicht. Doch hast nicht auch du Geschichten, die du zu Ende bringen willst?" Die Quellgärtnerin nickte.

Am Abend eines Tages hielt der Ingenieur es in Wohnung und Keller nicht aus. „Ich brauche eine Mütze voll Wind", sagte er zu seiner Frau und ließ sich auch durch ihre herabgezogenen Mundwinkel nicht abhalten, er küsste das Kind zur guten Nacht und schlüpfte in die Joggingschuhe. Ganz locker, sagte er sich, würde er jetzt durch die Gartenanlage laufen und kühl bis an das Herz hinan einen Blick in den Quellgarten werfen, um zu schauen, wie dort das Wetter sei. Während er das noch dachte, liefen seine Füße zum Ziel, ganz außer Atem langte er an. Die Wasserfrau saß wieder in dem Korbsessel, wie er sie am ersten Abend gesehen hatte, und nahm gerade einen Schluck aus dem Glas mit Schlehenwein. Der Weg von den Efeumauern zu ihrem Sessel kam ihm diesmal sehr lang vor, und sie sagte nichts, um es ihm leichter zu machen. Als er vor ihr stand, sagte er: „Ist es schon zu spät?" Sie antwortete: „Ich bin noch wach. Und du", sie sagte du, also war es nicht zu spät, eilte der Gedanke durch sein Gehirn, „möchtest doch wissen, wie das Wetter ist."

War es das, was er wissen wollte? Er sah sie voll Erwartung an. „Das Wetter ist zu trocken", sagte sie, „schon das ganze Jahr. Hast du die Rosskastanien gesehen drüben im Gartenlokal? Sie sind krank. Der Wirt möchte sie durch Esskastanien ersetzen, die aus dem Süden kommen und die Trockenheit besser ertragen", er nickte, aber ihr Satz war nicht zu Ende: „doch junge Esskastanien sind in allen Gärtnereien ausverkauft." Er wollte etwas antworten, sie nach den Wasseradern fragen, die unter den Gärten verliefen, aber sie war schneller und fuhr ihm über den Mund: „Eure Neubauten lasten schwer, wo zuvor leichte Gartenlauben standen." Er habe das nicht geplant, sagte er, er habe die Pläne nicht gemacht und nicht einmal gesehen. Er sei hier eingezogen, weil er in der Stadt sein Brot verdiene und seine Frau, er brachte mutwillig die Frau ins Spiel, seine Frau übrigens auch, und das Kind – „Ja", sagte die Wasserfrau: „die neue Generation." Lächelte sie? Sie lächelte nicht. „Nun gut. Möchtest du ein Glas Quellwasser?", er nickte, er sagte: „Wein vielleicht?"

„Bist du sicher?", fragte sie und ließ ein paar Tropfen aus ihrem Glas auf den Boden fallen, eine Flamme schoss hoch, und er hätte schwören mögen, das Wasser, mit dem sie die Flamme sofort wieder auslöschte, wäre nicht aus dem Quellkrug gekommen, sondern direkt aus ihrer Hand. Sie lachte und gab ihm Wasser, er trank es, er kam sich sehr brav vor dabei. Es war so kühl wie beim ersten Mal. Heute schwemmte es die Gedanken fort. „Ich bin müde", sagte sie, als er ausgetrunken hatte, „gute Nacht." Das war abschließend. Er ging wie betäubt, und natürlich drehte er sich um, er sah, dass sie sich auf die Quelle zu bewegte, etwas schimmerte blau um ihre Füße dabei, und dann sah er sie nicht mehr. Rasch hatte es gedunkelt, die Abenddämmerung dehnte sich längst nicht mehr so wie im Hochsommer, wenn sie beinahe direkt in das Morgendämmern überging.

Am nächsten Tag fand der Mann den Riss im Keller wieder vergrößert. Die Neubauten lasten, dachte er, das hat sie gesagt. Aber feucht war der Keller nicht, im Gegenteil. Das Wetter war ja auch immer schön gewesen, Moment: trocken, das hatte die Gärtnerin gesagt, und es stimmte, zu trocken. Da verstand er, wie der Riss entstanden war: Der Boden war trocken und trockener geworden, und weil ihn lange Zeit keine Feuchtigkeit aufgequollen hatte, sackte er in sich zusammen, die Fundamente senkten sich. Was nicht hieß, dass es niemals einen Wassereinbruch geben könnte. Die Fundamente mussten sich nur lange genug senken. Er wusste jetzt, woher damals der Schauder kam, als er den Riss entdeckte.

In dieser Zeit begann die Quellgärtnerin den alten Mann in die Geheimnisse der Bienenstöcke einzuweihen. Und weil er die Stiche nicht fürchtete, gelassen war und gut zu leiden mit seinen bedächtigen Bewegungen, lernte er bald. Die dunklen Bienen duldeten ihn. Er aß von ihrem Honig und fühlte seine Kraft wachsen, obwohl er äußerlich ganz derselbe blieb, ein zierlicher Mann, der Runzeln hatte und mehr wusste als er sagte.

Der Herbst ging, der Winter kam, die Wasserfrau und der alte Mann arbeiteten jeden Tag im Garten und bereiteten ihn für den Frühling. Manchmal verkauften sie sogar gemeinsam die Rumtopf- und Gurkengläschen, das Quittenkonfekt mit Schokolade und die Kräutermischungen auf dem Markt. Ohne dass sie darüber je ausdrücklich gesprochen hatten, arbeitete er sich ein. Er kam mit dem Hellwerden und ging vor dem Dunkeln, ehe die Wasserfrau ihren Schlehenwein trank. Und weil winters im Garten weniger Arbeit ist als im Sommer, passte das sehr gut.

Eines Tages, es war um Weihnachten herum, hatte der Riss in der Neubaukellerwand sich so verändert, dass der Ingenieur keine Bleistiftmarkierungen mehr brauchte. Man sah mit einem Blick, was im Gang war. Ganz sicher gab es auch in anderen Wänden, in anderen Kellern bereits Risse, man hätte ja blind sein müssen! Das dachte er. Das Mauerwerk litt.

An diesem Abend sprach der Mann zum ersten Mal mit seiner Frau davon, dass sie einiges auf die hohe Kante gelegt hätten. Sollten sie nicht nach einer größeren Wohnung Ausschau halten, vielleicht nach Eigentum, vielleicht in der Innenstadt, wo es diese Wohnungen aus der Gründerzeit gab, in denen alte Flügeltüren luftigen Durchblick gewährten? Und die Frau, die beruflich weitergekommen war und eine Gehaltserhöhung in Aussicht hatte, antwortete: „Ich habe auch schon daran gedacht. Dann können wir", sie holte Luft, und einen Wimperschlag lang glaubte er, sie wünsche sich noch ein Kind, er atmete so hastig ein, dass er sich verschluckte, und sie setzte fort: „Also, wenn wir mehr Platz hätten und ein größeres Wohnzimmer, könnten wir öfter Freunde einladen und vielleicht", sie zögerte kaum, „einmal den Abteilungsleiter." Er sagte ja und wollte das auch. In sich drin aber sah er die quellenden Tropfen. Was, wenn sie zu Eis würden und sein Herz stächen?

So trieben alle ihre Sache voran.

Der Winter ging, der Frühling kam, die Arbeit nahm zu. Eines Tages nun fragte der alte Mann die Quellgärtnerin, warum sie traurig sei, und sie antwortete, ihre Zeit im Garten sei vorgeschritten. Ob er noch immer in den Garten ziehen wolle. „Ganz sicher", antwortete er. „Gut. Dann kochen wir heute und essen zusammen." Gesagt, getan, und als es Abend wurde, saßen sie miteinander zu Tisch. Er sprach leise vor sich hin: „Der Tag hat sich geneigt." Sie holte die Flasche mit dem Schlehenwein, er kostete und fand ihn stark und voll Duft. „Du wirst ihn trinken, solange du den Garten bebaust und die Quelle hütest. Bis eines Tages jemand kommt, Quelle und Garten von dir zu übernehmen wie du jetzt bald von mir." Sie schwieg einen Moment, dann setzte sie hinzu: „Nein, sie bemerken es nicht, dass du stets bleibst, wie du einmal bist. Es scheint ihnen ganz natürlich." Er war schon in dem kleinen Haus gewesen, nun öffnete sie ihm alle Türen, auch die verborgenen, und zeigte ihm Tisch und Bett und das Lager und den Ofen. Sie zeigte ihm, wie man einen kleinen Regen macht, mahnte zugleich, dies selten zu tun und mit Lust und ansonsten haushälterisch lieber die Pflanzen so miteinander wachsen zu lassen, dass der Boden gut beschattet und das Wasser darin festgehalten wurde. Und als sie ihn fragte, ob er schon einmal probeschlafen möchte im Gartenhaus, sagte er zu, sie tranken beide ein gutes Glas, und als sich ihre Beine verwandelten und sie in die Quelle sprang, sah er ihr von der Haustür aus zu, ging dann hinein und schlief wie in Abrahams Schoß. Er lächelte bei diesem Gedanken, denn so hatte seine Mutter oft gesagt.

Nun lebte der alte Mann fast ganz im Quellgarten. Ab und zu ging er zwar noch in seine Wohnung, um die Post aus dem Kasten zu nehmen und zu schauen, dass die Zimmerpflanzen nicht verkamen, dann übernachtete er auch dort. Morgens nahm er jedes Mal eine Kleinigkeit mit, Dinge, von denen er sich nicht trennen mochte. Eines Abends, als er wieder einmal in seine Wohnung ging, lief ein Jogger an ihm vorbei.

Das Herz des Mannes aus dem Neubau war wirr. Obwohl er seine Frau liebte, bewegte ihn auch jetzt, viele Monate später, die Erinnerung an jene Nacht im Quellgarten. Zugleich und indem er begann, eine andere Wohnung zu suchen, bereitete er sich zum Gehen. Wenn sie in die Innenstadt zögen, wäre der Weg zu weit für eine Joggingrunde hierher. Er wusste, was er tat, dennoch, er fühlte sich wie ein Verräter. Darum stand er am Efeu-durchgang und hielt Ausschau. Er sah die Gärtnerin nicht und wollte rufen, aber wusste ja nicht einmal ihren Namen! So ging er hinein. Erst sah er nur Gras, dann ein Beet, dann die Quellgärtnerin. In den vielen Taschen ihres Blaumanns steckten gefaltete Umschläge und Tüt-chen. Mit dem Stiel des Rechens hatte sie gerade eine Li-nie in die lockere Erde gezogen und begann Samen ein-zustreuen. „Du arbeitest in den Abend hinein", sagte er, und sie richtete sich auf, gar nicht erschrocken, ihn so plötzlich zu sehen. „Die roten Beten lieben es, vor Neu-mond gesät zu werden." Erst jetzt sagte er guten Abend, und guten Abend sagte sie und fügte hinzu: „Wenn du mit mir sprechen willst, lauf noch eine Runde", sie zeigte die Richtung, „komm in einer kleinen Weile zurück, dann bin ich soweit."

Eine kleine Weile, soso, dachte er, lief los, und als er zurückkehrte, wusch sie sich gerade die Hände in der Schüssel, schüttete ihr Waschwasser um in eine Gießkan-ne und sprühte es über die frische Saat, die sie eben mit Erde bedeckt hatte. Sie setzte sich an den Gartentisch und goss Wasser in zwei Gläser.

Jetzt stand er vor ihr. „Setz dich." Er setzte sich. „Was ist das mit uns?", fragte der Ingenieur sie. „Mit euch", begann sie, aber er unterbrach: „Mit dir und mir, meinte ich", sie jedoch ließ sich nicht unterbrechen. „Ich weiß. Es kommen oft Menschen hierher. Ihr kommt, und etwas tragt ihr mit euch, oder ihr lasst etwas hier, eine Geschichte, ein Glück, eine Sorge. Du zum Beispiel hast einen Riss gesehen."

Er nickte. „Ja. Ich weiß jetzt, woher er kommt, seit du von der Trockenheit gesprochen hast. In der Erde gibt es kleine Hohlräume. Wird es zu trocken, brechen sie wie

Keks. Die Statik verändert sich." So sah es aus. „Und welche Lösung hast du?", fragte sie. Er hob die Schultern. „Und du?" Sie schüttelte den Kopf. Er sagte: „Brauchen wir nicht ein paar schöne Landregen, damit die Erde wieder", er suchte nach einem Wort und fand eines: „wieder richtig ist?"

„Die Erde ist die Erde."

„Was willst du damit sagen?"

Sie schwieg.

Er wurde ärgerlich. „Als du mich verführen wolltest, hast du sehr wohl ein Gewitter machen können."

„War es nicht deine Lust ganz wie meine?", fragte sie.

„Das tut nichts zur Sache", sagte er, und träumerisch fügte er hinzu: „Es war einmalig."

„Eben."

„Du bist gar nicht die Regentrude", rief er, von einem Augenblick auf den andern in Rage.

„Wir sind ja nicht im Märchen", sagte sie,

„Aber ich, höre doch", sagte er, „ich bin nur ein Mensch und habe keinen Einfluss."

„Wolltest du nicht ein Glas von der Quelle trinken?", fragte sie ihn. Er nickte. Sie hob das Glas und schob ihm seines zu.

„Was soll ich bloß tun?", fragte er verzweifelt.

Sie sagte: „Vergiss."

Und er vergaß.

Und als der Mann einen kurzen Dauerlauf später die Wohnungstür aufschloss, wunderte er sich, wo er eigentlich gewesen war. Noch in dieser Nacht machte er Kassensturz und zählte seine Einnahmen und die der Frau und wog die Rücklagen und berechnete, wieviel Kredit er bekäme, und schätzte ab, wie bald er ihn würde abzahlen können. Und als er damit fertig war, reservierte er bei einem Makler, der ihm schon einige Exposés geschickt hatte, eine Wohnung in der Innenstadt. Er vereinbarte einen Besichtigungstermin, nach der Arbeit und mit Frau und Kind.

Sie gingen in der Wohnung umher wie bezaubert, sie sahen die Flügeltüren und die Kastendoppelfenster und bewunderten den Stuck an den hohen Decken, man könnte ihn weiß lassen und die Decken selbst in einem unbestimmten Zartblau streichen, man konnte Gäste einladen, und das Kinderzimmer war groß genug für die kleine Eisenbahn. Ja. Und die Frau sah, dass ein Park in der Nähe war. „Schau, da kannst du joggen gehen." Es gab ihm einen eisigen Stich. Einen Moment lang glaubte er zu sterben. Doch er starb nicht. Bei einem Notar wurde der Wohnungskauf besiegelt.

Die Erzählerin beendet diesen Strang der Erzählung.

Am gleichen Tag kündigte der alte Mann die Neubauwohnung und lud all seine Kinder – und obwohl seine Frau früh gestorben war, waren es deren viele – und die Enkel zu sich ein. Als sie versammelt waren, erklärte er ihnen, er ginge auf eine Reise, und falls er zurückkehre, zöge er in eine Alters-WG. Als die Kinder das Wort „falls" hörten, schrien sie alle durcheinander, was das denn heißen solle und ob er etwa sich umzubringen plane.

„Aber nein, ganz im Gegenteil", sagte er. Weil er jetzt ginge, möchten sie sich aus dem Haushalt nehmen, was sie nur wollten, die nützlichsten Haushaltsgegenstände, die besten Bücher. Alles, wovon er sich nicht trennen mochte, habe er bereits in eine Tasche gepackt, und welche von den Kindern ihn gar zu sehr vermissten, er zwinkerte mit den Augen, sollten ab und zu einen Spaziergang in der alten Gartenanlage machen. Denn die Gärten kannten sie von Kindesbeinen an, er zwinkerte wieder, da würden sie genug an ihn erinnert. Kinder und Enkel erregten sich sehr, aber weil er alles so heiter sagte und nacheinander jedes zärtlich beim Kopf nahm, beruhigten sie sich schließlich wieder. Am selben Abend nahm er die Tasche, legte den Schlüssel unter die Fußmatte und ging erleichtert zum Quellgarten.

Denn dort war der Abend gekommen, an dem die Wasserfrau sich vom Garten verabschieden und ihn an den Quellgärtner übergeben wollte. Er deckte jetzt den Tisch und stellte eine Flasche Aprikosenbrand dazu mit zwei Gläschen. Sie tranken. „Ach", sprach die Wasserfrau, „die Früchte der Erde sind so süß und der Geist ist so scharf. Wie gern habe ich davon gekostet." Er nickte. Er wollte sie noch so viel fragen, doch sie strich ihm mit kühlen Fingern über den Mund. „Du weißt viel", sagte sie, „und du lernst mehr. Mein –", in ihrem Augenwinkel zuckte es, „der Garten ist bei dir in guten Händen. Du hast Ohren zu hören, du weißt Rat. Ich schwimme zurück in die tiefen Wasser." Eine Umarmung, dann sprang die Wasserfrau in die Quelle, tauchte durch die Höhlen in Erd- und Felsenreich und überwand die schmalsten Übergänge, die kein Höhlentaucher je überwinden würde. So gelangte sie in jenen Fluss, der so viele Länder Europas verbindet und in dem die anderen Wassergeister sie erwarteten.

In Vollmondnächten tanzt das Licht auf dem Wasser.

In manchen Vollmondnächten gießt der Quellgärtner Schlehenwein in zwei Gläser. Er stellt sie auf den Gartentisch und wartet an der Quelle. Dann geschieht es, dass die Wellen größer werden, bis ein Fischschwanz sich darin zeigt. Eine Frau wird sichtbar und steigt aus dem Wasser, kann sein, dass sie auf Füßen geht. Und in den Gläsern zittert der dunkle Wein und zeigt Reflexe von

Feuer. Sie sitzen beieinander, eine Stunde oder zwei. Kein Mensch hat die beiden im Quellgarten je dabei gesehen oder gehört, was sie sagen.

Ludwig Baumann in memoriam

Herrn Hörmanns Einladung

Ein Märchen aus dem vorigen Jahrhundert

Die Leberwurst hub an, sich nach den seltsamen Dingen zu erkundigen, die draußen auf der Treppe wären, die Blutwurst tat aber, als hörte sie es nicht oder als sei es nicht der Mühe wert, davon zu sprechen, oder sie sagte etwa von der Schippe und dem Besen „es wird meine Magd gewesen sein, die auf der Treppe mit jemand geschwätzt hat", und brachte die Rede auf etwas anderes.

Brüder Grimm, Die wunderliche Gasterei

Eine junge Frau, die ihr Studium nicht zu Ende gebracht hatte, lebte in der Stadt und verdiente ihr Brot mit Korrekturlesen. Jeden Mittwoch ging sie zu den Verlagen, die im alten Zeitungsviertel saßen, und fragte in den Korrektoraten nach Arbeit. War sie nun die Verlage abgelaufen und hatte hier und da einen Auftrag bekommen und ihre Beine und ihr Herz waren müde, ging sie in ein Kaffeehaus. Anders als die vornehmen Restaurants ringsum war es stets überfüllt, denn es war billig und gut.

Wie sie eines Tages wieder an einem voll besetzten Tisch ihren Kaffee mit Milch trank, sprach ein Mann sie an und fragte freundlich, was sie in diese Gegend führe. Und wie sie ihm Antwort gegeben, fragte er weiter, ob sie also die Feinheiten der Sprache verstünde. Sie wusste, was ihre Arbeit taugte, und sagte ja und nannte das eine oder andere Buch, an dem sie ein wenig mehr getan als

Fehler zu tilgen. Und der Fremde fragte nach ihrem Verdienst, der war gering, aber ausreichend, und nach ihrer Wohnung, die in einem der Arbeiterbezirke lag, ein Zimmer mit Küche in einem Hinterhaus, wo selten Sonnenlicht auf ihren Schreibtisch fiel. Und sie dachte daran, wie den Sommer lang das Fenster offenstand und die Ranken ihrer Topfpflanze vom Regal mit den Wörterbüchern hinaus strebten an Licht und Luft und wie sie im Herbst Ranke für Ranke vorsichtig wieder einholen musste. Der Mann, der sie lächeln sah, fragte, ob sie denn allein dastünde in der Welt. „O nein!", sagte die junge Frau, „ich habe Freundinnen und Freunde gefunden in der Stadt." Sie lächelte wieder, denn ihre Leute unterstützten einander überall im Land und über seine Grenzen hinweg.

Da sprach der Mann, sie möge einmal zu ihm kommen, auch er habe mit Lesen und Schreiben zu schaffen, da fiele sicher ein schöner Auftrag für sie ab, von dem sie viele Wochen leben könne. Er reichte ihr eine Karte, auf der ein Name stand, Wulfhard Hörmann, und eine Adresse an der Ausfallstraße nach Osten. Am besten, sie käme Sonnabend um eins, er koche gut und esse lieber in Gesellschaft als allein. Die Junge nickte. Einen großen Auftrag hätte sie gern gehabt und einmal etwas anderes auf dem Teller als Kartoffeln.

Als der Sonnabend gekommen war, zog sie die guten Schuhe an und machte ihr bestes Auftragnehmerinnengesicht und begab sich zu jener Adresse, die auf der Karte stand. Und wie sie aus der Untergrundbahn ans Licht stieg, da war die Straße so still, und rechts und links standen Mietskasernen, die sahen fast unbewohnt aus und fehlte doch Wohnraum in der Stadt. Und grad, als sie in die angegebene Straße bog, trat ihr am Eckhaus ein Mensch in den Weg, den sie einmal bei ihrer guten

Freundin gesehen, der erkannte sie und sagte erschrocken: „Bist du denn hierher geladen? Da sei vorsichtig, das kann eine Falle sein." Und wie sie nachfragen wollte, schüttelte er den Kopf und sprach, sie möge eilen, dass sie sich nicht verspäte.

Als sie zu dem Haus kam, sah sie, dass es ein modernes Gebäude war mit vielen Aufgängen. Herr Hörmann stand oben an einem Fenster und schaute herunter und rief: „Aufgang B, fünfter Stock", und der Summer summte, und sie trat ein und wunderte sich, wie er den Summer betätigt hatte, wo er doch am Fenster stand. Einen Aufzug gab es zwar, doch sie stieg die Treppe hinauf, wie sie es gewohnt war. Zwischen den Aufgängen befanden sich Lichthöfe, so dass man von einem zum andern und die Reihe hindurchschauen konnte. Da sah sie auf einer anderen Treppe einen Jungen rennen, dem fehlten die Schnürsenkel, dass seine Schuhe schlappten, und er lief nach oben und wieder nach unten in großer Eile. Und etwas höher sah sie eine Frau, die rang die Hände. Und wieder höher sah sie auf einem Treppenabsatz einen Mann stehen, der hatte einen andern am Ohr gepackt, und ihr schien, er zöge an dessen Ohrring, ihn aus dem Ohr zu reißen.

Schließlich hatte sie den fünften Stock erreicht, und ihr Gastgeber empfing sie und lobte ihre Sportlichkeit und führte sie in ein Zimmer, in dem der Tisch für zwei gedeckt war. Und obwohl sie sich vorgenommen hatte, nach den Leuten auf der Treppe zu fragen, fiel sie nicht mit der Tür ins Haus und schwieg. Wein stand bereit, und in zwei besonderen Gläslein war eine rote Flüssigkeit eingeschenkt. Der Herr Hörmann zeigte ihr ihren Platz und setzte sich und prostete ihr zu. Ihr wurde schon vom Duft des Apéritifs blümerant. Sie tat ihm Bescheid, nipp-

te aber bloß, denn sie wollte bei nüchternem Verstand
bleiben und eine seriöse Auftragnehmerin. „Nur nicht so
zaghaft", sagte Hörmann: „ein Schluck Portwein lockert
die Zunge." Sie schaute verlegen und sah, dass er's sah,
und heftete die Augen auf das Bücherregal. Neben den
Büchern stand dort ein Recorder, altmodische Musik-
kassetten lagen da, sie erwartete, nach ihrem Musikge-
schmack gefragt zu werden, aber Hörmann fragte nicht.
Und es waren da allerhand Bücher, die sie gern besessen
hätte, fast als wären sie danach ausgewählt. Hörmann zog
einen Gedichtband heraus und reichte ihn ihr. „Schauen
Sie nur", sagte er, „ich hole derweil die Vorspeise." Wie
er draußen war, besann sie sich und goss rasch den Portwein auf die Erde einer Topfpflanze, er versickerte fast
ohne Spur, und als die Tür aufging, betrachtete sie die
Illustrationen in dem Buch. Hörmann brachte Teller, auf
denen lagen geröstete und mit Tomatenstücken belegte
Brote. Er stellte sie hin, nahm der Jungen das Buch aus
der Hand, legte es quer über die andern und bemerkte,
als wolle er es ihr schenken, das sei doch ein gelungenes
Büchlein, nicht wahr? Sie nickte und fühlte ihren Magen
zittern, da sie die warmen Brotschnitten roch. Er öffnete
er eine Flasche weißen Wein, goss ein und verzog das
Gesicht, als sie zusätzlich um Wasser bat. Doch auch das
stand bereit. Von dem in Aussicht gestellten Auftrag war
keine Rede. Sie aßen, und die Junge fühlte Hörmanns
amüsierten Blick auf sich gerichtet, so dass ihr beinahe
ein wenig Öl vom Brot auf die Kleidung getropft wäre.
Er hob sein Glas, auch sie trank, atmete durch und fragte
leichthin nach den Leuten draußen auf der Treppe. Hörmann antwortete, das wären harmlose Fremde, an städ-
tisches Betragen noch nicht gewöhnt. Und obwohl ihr
das unglaubwürdig schien, nickte sie, räumte sogar ein,

dass sie selbst vom Lande sei und mit ländlicher Neugier auf andere Menschen schaue. Ihr Gastgeber erwiderte, dies sei eine vortreffliche Fähigkeit, derer sie sich nicht schämen müsse.

Nun griff er die leeren Teller, und auf die Frage der jungen Frau, ob sie helfen könne, sagte er nein, sie sei Gast, und schloss die Tür. Ihr war, als höre sie draußen sprechen, sie wollte nachsehen, da ging die Tür schon auf, und er brachte ein helles Ragout herein, Reis, Möhrchen und Zuckererbsen. Und wie er alles auf den Tisch gestellt hatte und zulangte, ließ auch sie es sich schmecken. Sie suchte jedoch das Gespräch auf die Arbeit zu lenken, für einen großen Verlag vielleicht? Sie wünsche sich sehr, einmal eine ganze Buchreihe zu begleiten, sich zu bewähren und unentbehrlich zu werden. Er nickte. Und fuhr denn Herr Hörmann zu den Messen, wo die Rechte und Lizenzen gehandelt wurden und alle Wichtigen der Branche anwesend waren? „Auch das", er goss nach. Und er fragte zurück, ob sie denn nur an Bücher denke. Wie zum Beispiel verbrächte sie ihre Abende, ihre Sonntage? Suchte er etwa eine Geliebte?, fragte sie sich, er jedoch fing wieder von ihren Freunden an und was sie wohl miteinander erlebten. Da fiel ihr die Warnung jenes Mannes ein. Allen Fragen wich sie mit Geschick und Scherzen aus. „Ist es nicht langweilig, das Korrekturlesen?", fragte Hörmann nun, „Sie sind eine aufgeweckte Person, möchten Sie nicht selbst schreiben?" Die junge Frau schüttelte lebhaft den Kopf. Ein paar Anekdoten aus den Korrektoraten würden ihr einfallen, doch wer wollte so etwas lesen? „Mehr Leute, als Sie denken", erwiderte er, „gerade die Anekdoten interessieren mich. Man erlebt einiges, wenn man so viele Menschen trifft wie Sie." Ihr Blick streifte das Bücherregal, und ihr war, als bewege sich etwas an dem Recorder. Da nahm sie den letzten Bissen und kaute mit Genuss und schluckte und lobte das Essen und erklärte sich für satt. „Aber! Einen kleinen Nachtisch?", fragte Hörmann, und sie antwortete in einem Ton, der beinahe zutraulich wirkte: „Ein Nachtisch passt immer." Er ging, sie öffnete die Tür und schlich hinterdrein, und richtig sah sie Herrn Hörmann in der Küche, und bei ihm stand eine Frau mit dicken Oberarmen, die war wohl die Köchin. Sie reichte ihm ein Tablett, auf dem Flammeri stand und Kirschkompott, und Hörmann sah die Junge und machte fragende Augen. Sie hielt höflich die Tür auf, ließ ihn vorbeigehen, schloss die Tür, und setzte sich und wusste, sie waren nicht allein. Wohl war ihr nicht, denn was immer Hörmann von ihr wollte, würde keine Verlagsdienstleistung sein. Hörmann tauchte den Löffel ins Kirschkompott. „Wie ist es?", sagte er und kam zur Sache: „Sie erzählen Ihre Alltagsgeschichten, sagen wir, jede Woche eine." So erhalte ihr Erzählen einen logischen und chronologischen Zusammenhang, mit der Zeit ergebe sich etwas wie ein Roman, und doch müsse sie vorab nichts konstruieren, es sei ja ein Roman aus dem wirklichen Leben. „Und auf jede Geschichte gebe ich Ihnen einen…", er behielt das Wort einen Moment im Munde, „einen Vorschuss, bis genug zusammen sind für einen Band." Da wusste sie gewiss, wo er hinauswollte. Und obgleich Wein und Essen sie träge gemacht hatten, stieg Angst in ihr auf, und sie dachte an die Leute draußen auf den Treppen.

„Sie setzen Vertrauen in mich", sagte sie: „Das ist sehr schmeichelhaft", und lächelte tapfer. „Aber so etwas kann ich nicht. Auch sind wir einfache, gar nicht romanhafte Leute. Da gibt es nichts zu erzählen." Sie steckte eine Kirsche in den Mund und spuckte den Kern sorgfältig auf den Löffel. „Sie sind zu bescheiden. Wenn Sie zweifeln: Uns", er berichtigte sich sofort, „mir ist es auch Recht, wenn Sie unter Pseudonym arbeiten. Da schreibt sich's frei von der Leber weg. Überlegen Sie es sich, ich hole derweil den Kaffee." Diesmal ließ er die Tür offen. Sie aber nahm ihre Tasche und hängte sie sich schräg um, wie man es tut, wenn man in Eile ist. Und Hörmann kam mit dem Kaffee herein, aber hinter ihm war die Köchin, als wolle sie Zeugin sein. Die Junge stand auf. „Verzeihung, wo ist die Toilette?", fragte sie, und ihr war angst und bange. Instinktiv trat sie dennoch dicht an ihn heran, so dass er zwischen ihr und der Köchin fast eingeklemmt war. Er hob eine Hand, ihr den Weg zu zeigen, da hob auch sie die Hand und machte eine Geste in die bezeichnete Richtung: „Da?", fragte sie und wies erneut, nun aber hinter ihn: „Oder dort?", und da drehte er sich unwillkürlich hier-, dann dorthin, irritiert, was da wäre, als wüsste er's nicht. Die Tassen kamen ins Schwanken, der Kaffee spritzte ihm aufs Hemd und brühte ihn.

Die Junge aber hatte sich gedreht und lief mit Husch zur Wohnungstür hinaus und weiter ans Ende des langen Flurs. Da ging die Fahrstuhltür auf, sie aber ließ sich nicht locken und eilte die Treppe hinunter, auf der sie zuvor all die Leute gesehen. Und grade, als sie unten aus der Haustür kam, sah sie die schwere Tür von Aufgang B zuschlagen wie von Geisterhand. Und oben stand Herr Hörmann am Fenster und rief: „Auf Wiedersehen. Wir kommen Sie bald besuchen!", aber sie scherte sich nicht daran und lief, was das Zeug hielt, und kam erst in der Untergrundbahn zu Atem. Und weil die Angst ihr den Verstand nicht verschlagen hatte, fuhr sie sofort zu ihrer besten Freundin und erzählte der alles. Und die sagte es ihrer anderen Freundin und die einer andern, und bald wusste es der ganze Kreis, in dem die junge Frau verkehrte.

Herr Hörmann aber hat auch davon erfahren, ich weiß nicht wie, und zu Besuch ist er nie gekommen. Doch lang noch hörte die Junge im Traum das Schlagen der Tür, und weit oben in einem offenen Fenster stand er und hielt seinen Recorder und rief, wie im Märchen die Blutwurst der Leberwurst nachrief, indem sie das Messer wetzte: „Hätt ich dich, so wollt ich dich."

Der Nachtfalter

„Sterben werde ich nicht", sprach er zu sich selbst, „denn der Tod sendet erst seine Boten, ich wollte nur, die bösen Tage der Krankheit wären erst vorüber."

Brüder Grimm, Die Boten des Todes

Ein Mann und eine Frau lebten in ihrem Haus am Stadtrand. Sie war nicht mehr jung. Er war alt. Sie war seine Studentin gewesen, er, damals, geschieden und Professor an der Universität. Um es genau zu sagen, die Studentin war im gleichen Alter wie seine Tochter gewesen, die zu jener Zeit in einer entfernten Stadt bereits berufstätig war. Heute war er längst emeritiert. Seine zweite Frau war eine erfahrene Wissenschaftlerin, die alle Werktage ins Institut ging und am Wochenende oft Arbeit mit nach Hause brachte, die sie mit ihm diskutierte. Zwar war sie auf dem neuesten Stand und hätte seine Hilfe nicht benötigt, es half ihr gleichwohl und tat beiden gut, durch ihr Fach, die Physik, verbunden zu sein.

Der Mann hatte als Kind den Krieg erlebt, war bei einem Bombenangriff verschüttet worden und hätte um ein Haar sein Leben lassen müssen. Von der erlittenen Angst befreiten ihn sein beruflicher Erfolg und die Psychotherapie, der er sich in mittleren Jahren unterzog. Der Schmerz in seinem Bein hingegen, das unter einem schweren Eisenträger gebrochen und schief zusammengewachsen war, begleitete ihn bis heute. Das Gehen fiel ihm schwer, die Treppe ins Obergeschoss kam er kaum mehr hinauf. Sie hatten, denn an Geld fehlte es nicht, einen Treppenlift einbauen lassen, so dass er mit seiner Frau, die er zärtlich liebte, in einem Bett schlafen konnte.

Tagsüber blieb der Mann zu Hause. Er ging nicht mehr in die Stadt. Manches im Haushalt gelang ihm selbst, zweimal die Woche kam Rosina, eine geschickte Helferin, die das Paar von der groben Hausarbeit entlastete, bisweilen kochte sie auch. In den Garten hinaus kam er mit einer Gehhilfe. Dort saß er oft, und im Sommer, einen Hocker langsam mit sich ziehend, pflückte er das Obst von den niedrigen Beerensträuchern. Am liebsten schaute er den kriechenden und geflügelten Insekten zu. Seitdem sie gehört hatten, dass ihre Zahl gefährlich abnahm, ließen er und die Frau den Garten verwildern, sie schafften ohnehin nur das Nötigste. Hinten am Zaun standen Brennesseln, von deren Blättern die Raupen vieler Schmetterlinge lebten. Ja, es gab Schönheit. Daran dachte der Mann gern, wenn er auf dem Sofa im großen Wohnraum des Hauses lag und den Kopf zur Seite wandte, um in den Garten hinauszusehen.

Eines Tages fuhr die Wissenschaftlerin zu einem Kongress und sollte erst drei Nächte später zurückkommen. Das war eine Weile nicht mehr vorgekommen, darum besprachen sie alles besonders gründlich. Wann kam Rosina? War alles im Haus, dessen er bedurfte? Wie wäre seine Frau im Fall der Fälle erreichbar, und wann käme sie zurück? Als die Frau am Morgen ging, küssten sie sich, und er sah ihr nach. Langsam schloss er die Tür, ging, dabei auf seine Gehhilfe sich stützend, ins Zimmer und legte sich aufs Sofa. Es war ein ungewöhnlich langes Samtsofa mit einer hohen Lehne am Kopfende. Oft las er hier, halb sitzend, halb liegend, Zeitungen und Fachbücher, und war es genug, konnte er sich bequem ausstrecken.

Es war nicht warm, doch schwül, die Wolken lasteten, gaben aber keinen Regen her. Rosina würde heute nicht kommen. Er träumte vor sich hin.

Als es dunkelte, erhob sich der Mann, öffnete die Fenster und ging in die Küche, wo er eine rasch erwärmte Suppe aß und dazu ein Glas Rotwein trank. Die Tür zum Garten stand offen, es zog ein wenig. Am Rand seiner Aufmerksamkeit vernahm er ein Geräusch, ein schwaches Flappen. Er schaute auf, aber da war nichts. Er stellte den Teller in die Spülmaschine, schloss die Tür, griff nach der Weinflasche und musste dann zweimal gehen, um Flasche und Glas ins Wohnzimmer zu bringen. Den CD-Player konnte er mit einer Fernbedienung einschalten, es war eine CD, die er schon gestern gehört hatte. *I fall in love too easily.* Schon gestern waren seine Gedanken darum gekreist, wie der Trompeter zu Tode gekommen war. Er war aus dem Fenster eines Hotels in Amsterdam gefallen. Der Mann schob seine Kissen gegeneinander und lehnte sich an. Er hätte seine Frau anrufen können. Aber das Beste an Tagungen waren die Gespräche zwischen den einzelnen Veranstaltungen, da störte jeder Anruf von außen. Er nahm also Rücksicht, füllte sein Glas, trank einen großen Schluck und zog das Buch heran, das er gerade las.

Er schreckte auf. Es war still. Dann begriff er, die Musik war zu Ende. Hatte er geschlafen? Da war wieder dieses Flappen. Er schaute im Zimmer herum. Ein großer Falter taumelte unter dem Schirm der Stehlampe hindurch, flog nach oben und ließ sich auf einer hellen, vom Licht berührten Stelle der Wand nieder. Ach, ein Nachtfalter. Selten fand einer dieser Schmetterlinge, hatte er sich einmal in die Wohnung verirrt, den Ausgang von selbst. Jetzt flog er wieder auf und ließ sich an einer anderen hellen Stelle der Wand nieder, näher bei dem Mann, der ihn nun deutlicher sah. Die Flügel zeigten farbige Flecken, grau und gelb, metallisch und samtig zugleich, und der Blick des Mannes fand Tiefe in ihrer Oberfläche.

Am nächsten Morgen erwachte der Mann auf dem Sofa. Er musste sich erst orientieren, ehe ihm wieder einfiel, dass er am Abend einfach auf dem Sofa liegen geblieben war. Er fühlte sich zerschlagen, und seine Hüfte schmerzte, als er sich erhob und den Treppenlift benutzte, um ins oben gelegene Bad zu gelangen. Unter der Dusche aber, während er achten musste, nicht auszugleiten, fühlte er eine Beschwingtheit, die ihn an seine Tochter erinnerte, als sie klein war und er sie im Kreis um sich herumschwenkte, bis ihnen beiden schwindelte. Und wenn sein Bein dabei protestiert hatte, er konnte es leicht ignorieren. Was war er jung gewesen, wie leicht jeder Tag, jeder Gedanke! Er setzte sich auf den Hocker, sich im Stehen abzutrocknen gelang ihm schon lange nicht mehr. Als er den zweiten Fuß abgetrocknet hatte und erleichtert aufschaute, sah er sein Gesicht im Spiegel. Sie war so klein gewesen, Billie, und nun waren Jahrzehnte vergangen, ohne dass er sie gesehen oder auch nur einen Brief von ihrer Hand gelesen hatte. Wie alt war sie heute? Er wusste es genau: fünfundfünfzig.

Heute bewegte sich der Mann hinaus in den Garten, schnitt hier und da eine Blüte von den Stauden, er trug sie zusammen und in die Küche und stellte sie in einen Krug, den er ins Zimmer schleppte. Er ging langsam, nur die Zeit ging rasch. Das schwül Lastende vom Vortag war verschwunden, es war einfach hell und warm. Am späten Vormittag kam Rosina. Sie zog den Staubsauger durchs Haus, kochte einen Auflauf mit Gemüse und aß einen Teller mit. Aber sie war schnell wieder fort. Dann kam der lange Sommernachmittag. Er setzte sich in einen der Gartenstühle, die vor der Küche standen. Wieder hätte er gern seine Frau angerufen, wieder unterdrückte er den Wunsch. Er wusste, wie das war, man verbrachte den ganzen Tag mit Menschen, die an der gleichen Sache arbeiteten wie man selbst, man pflegte die Kontakte, geriet in eine leichte, euphorische Stimmung und dachte an nichts als die Arbeit. Herrlich, herrlich war das.

Doch seine Arbeit war getan, so war das nun einmal. Es fehlte ihm vieles aus seinem früheren Leben. Seine Tochter. Sie lebte im Norden des Landes. Das war jedenfalls der Stand der Dinge gewesen, als er sie zuletzt gesehen hatte. Sie hatte damals an einem dieser merkwürdigen Orte gearbeitet, die er nicht verstand, die ihm auch verschlossen waren: Kneipe und Kultur für Frauen, er dachte es sich in Anführungsstrichen. Was für ein Mädchen sie gewesen war, blond, ihr Körper fast ein wenig stämmig, aber sehr beweglich, sogar sportlich. Und er liebte das, so einen jungen, muskulösen Körper. Seiner ersten Frau, ihrer Mutter, hatte sie kaum geähnelt, ihm dafür umso mehr.

Der Abend kam, ein, zwei Gläser Rotwein, er hörte wieder Musik, *My Favourite Things*. 1961, da hatte er sein Studium bereits abgeschlossen und schrieb an der Promotion. Er liebte Jazz. Hatten viele andere seiner Generation vor allem Rock 'n' Roll, später Blues und Rock gehört, hatte er sich seit je im Jazz zu Hause gefühlt, einer Musik, die zugleich jung und erwachsen war, intellektuell und voll Sex-Appeal. Das war kein Widerspruch. Der Mann ließ sich vor dem alten Sekretär nieder, auf dem Stuhl mit der halbrunden Rückenlehne, in den er so gut

passte. Gepasst hatte. Damals hatte er sich elastisch zu-
rückgelehnt, das Kind im Arm. Jetzt beugte er sich langsam zu einer der unteren Schubladen, wobei er sich mit
einer Hand an der Stuhllehne festhielt, und zog sie auf.
Ein kleiner Stapel Alben, eine Mappe Kinderzeichnun-
gen. Er zog eines der Alben hervor und legte es auf die
Schreibfläche des Sekretärs. Aber die Zeichnungen und
Fotos entrückten ihm Billie mehr, als dass sie ihm die
Tochter wieder vor Augen führten. Plötzlich schien ihm
die Musik zu laut, das Saxophon lachte über ihn. Der Sa-
xophonist war so jung gewesen, vielleicht daher dieses
Lachen, er hatte so jung schon jahrelang bei Miles Davis
gespielt. Später war er viel zu jung an Krebs gestorben,
nur ein paar Jahre über die Vierzig hinaus. Und bevor er
starb, hatte er der Welt noch dieses göttliche Motiv ge-
schenkt. *A Love Supreme*. Hatte er Gott gemeint oder die
menschliche Seele?

Jetzt hörte der Mann es wieder flappen. Der Nachfal-
ter. Er hatte ihn vergessen, er hatte versäumt, ihn am Tag
aus dem Zimmer ins Freie zu leiten, und wenn er es jetzt
versuchte, würde das Licht nur mehr Insekten ins Zimmer locken. Er sah das Tier seitlich über dem Sekretär an
der Wand sitzen. Schmetterlinge wären Seelentiere, hatte
er gehört. Es gab diesen Aberglauben schon in der Antike, dass die Seele eines Menschen in einen Schmetterling
schlüpfen konnte. Und wurde die Seele nicht als ein Mädchen mit Schmetterlingsflügeln gezeichnet, nannte man
dieses Mädchen nicht Psyche? Die Seele brauchte einen
Körper, um darin zu wohnen. Ja. So war es. Aber das
war ja überhaupt das Problem der Liebe, dass die Seele
sie nicht allein realisieren konnte, sondern einen Körper
benötigte. Aber nein, dachte er wieder, das war doch das
Beste daran: die Berührung.

Wie lange hatte er sein Kind nicht mehr umarmt. Ihre Mutter hatte die Scheidung gewollt, in einem Jahr, zu dem ihm keine Musik einfiel. Seine erste Ehe. Sie war am Ende gewesen. Vorwürfe, Vorwürfe. Welcher Mann ertrug das schon? Fast vierzig Jahre war das her, ziemlich genau vierzig Jahre. Er hatte das Haus behalten, gut, aber er war bei der Scheidung nicht kleinlich gewesen. Seine erste Frau lebte bis heute in der schönen Eigentumswohnung in der Innenstadt, an den Decken noch der originale Stuck, Lilien, Eroten, Schmetterlinge, fast mehr Quadratmeter als sein Haus hatte, groß genug für sie und das Kind, die Jugendliche, damals. Und fünf Jahre nach der Scheidung hatte er sich in diese junge, schöne Frau verliebt, seine Studentin, die seine zweite Frau wurde, dann auch Kollegin. Oh ja, er schätzte die Leistung von Frauen. Er sah wieder zur Wand. Es erschien ihm unnatürlich, wie lange der Falter ruhig saß. Er sah ihn heute besser als gestern, er war hellgelb, zart braun und grau auf den Flügeldecken, und der Kopf war von einem leuchtenden Orange überzogen. Er hatte noch nie einen so farbigen Nachtfalter gesehen. Der Mann wandte sich zum Sofatisch, wo zwischen Zeitschriften ein Tablet lag. Er benutzte es selten. Langsam bewegte er sich zum Sofa und setzte sich, langsam und ungeduldig zugleich, er musste warten, dass das Ding sich belebte. Wie immer war er unsicher, ob er den Schalter mit dem genau richtigen Druck betätigt hatte oder nicht und ob man dieses … Betätigungselement überhaupt Schalter nennen konnte. Auch die Online-Enzyklopädie benutzte er widerwillig. Aber ein Buch, mit dem er den Nachtfalter hätte bestimmen können, besaßen sie wohl nicht. Die Nachtfalter fand er schnell, allerdings zeigte der Artikel lediglich zwei Fotos. Der Falter dort drüben an der Wand war nicht dabei.

Der Mann hatte nicht gewusst, wie viele Arten es gab, erstaunlich viele, erfuhr er jetzt. Waren sie nicht alle grau? Offenbar nicht. Er klickte aufs Geratewohl auf „Widderchen", und diese Widderchen waren hübsch und farbenfroh. Aber keines war hellgrau und gelb. Die Nachtfalter trugen oft andere Tiere im Namen, nicht nur die Widderchen, es gab auch Bärenspinner, Pfauenspinner, Eulenfalter. Er musterte das Tier, das auf der Wand ein wenig weitergekrabbelt war. Es ähnelte den Spinnern nicht. Er klickte auf „Eulenfalter". Man nannte sie auch „Eulen". Er sah die Fotos durch und fand tatsächlich einen Falter, der dem Tier auf der Wand glich. Das war die Messingeule, und es stimmte, die Farbe der gelben Zonen auf den Flügeln sah aus wie frisch geputztes Messing. Die Lebensweise des Tiers überraschte ihn nicht, es besuchte, stand da, Blüten in der Dämmerung. Da fiel ihm der Hintersinn im Namen des Falters auf: Eule, und er dachte an die Eule der Minerva, die, wie ein Philosoph geschrieben hatte, ihren Flug in der einbrechenden Dämmerung begann. War es Nietzsche gewesen, der das geschrieben hatte, nein, sicher nicht, es war Hegel. Und die Dämmerung, das war das Alter, in dem jeder Mann zum Philosophen werden konnte. Er selbst war in diesem Alter.

Er schaute die Messingeule an, die sich in seinen dämmrigen Wohnraum verirrt hatte.

Verirrt? Sie war hereingekommen, und er hatte heute früh Blüten aus dem Garten geholt, damit sie blieb.

Der Mann stand vorsichtig auf, zog einen Hocker zum Plattenschrank und setzte sich davor. Es strengte ihn an, sich vorzubeugen und die Plattencover durch die Finger gleiten zu lassen, bis er gefunden hatte, was er suchte. *Tones for Joan's Bones*. Er legte die Platte auf. Sie war im Jahr von Billies Geburt herausgekommen, 1966. Doch die Musik nervte ihn, zu poppig, zu oberflächlich. Der Musiker war gestorben, gerade jetzt, im Spätwinter dieses Jahres, als viele starben, und er war alt geworden. Aber nahm Gott nicht die Besten zuerst, sagte man nicht so? Und wieder kam dem Mann John Coltrane in den Sinn, 1964 war jene Platte erschienen, die er so sehr schätzte. Er selbst hatte damals ausstudiert, auspromoviert, er hatte viel veröffentlicht, und nur zwei Jahre später sollte er einen Ruf an die Universität einer süddeutschen Mittelstadt erhalten, mit einunddreißig. In seinem Fach musste man früh aufstehen.

Er legte die Platte noch einmal auf. Das metallische Dröhnen am Anfang, das messinghafte Zittern auf den Tellern des Schlagzeugs und dann der Rhythmus. *A Love Supreme. A love supreme, a love supreme, a love supreme.* Die höchste, die tiefste, die äußerste Liebe. Das hatte seine erste Frau einfach nicht verstanden, dass er das Kind mehr liebte als sie, mehr als er sie liebte. Seine Tochter hatte es auch nicht verstanden. Schon als Jugendliche hatte sie begonnen, ihm das vorzuwerfen. Dass er sie liebte. War das nicht absurd, ein riesengroßes Missverständnis? Wenigstens wurde damals nicht aus allem gleich ein öffentlicher Skandal wie heute, wo noch die privateste Beziehung politisch ausgeleuchtet und ausgeschlachtet wurde. Die Frauen begriffen einfach nicht mehr, was Liebe war und Begehren. Das hatte schon damals angefangen, in den achtziger Jahren. Dabei war seine erste Frau Literaturwissenschaftlerin gewesen, hätte sie nicht wissen müssen, dass Liebe keine Moral kannte und keine Politik? Ganze Werke der Weltliteratur handelten davon, das wusste ja sogar er. Aber die Frauen begriffen es nicht mehr. Wahrscheinlich verstand er das darum besser, weil er ein Naturwissenschaftler war. Denn die Naturwissenschaft, dachte er, stand ebenfalls außerhalb der Moral. Das war sogar seit je seine Meinung gewesen.

Jetzt blätterte er die Jazzplatten durch, dann die CDs, die ein Regalfach höher standen. Die Finger stockten an einer CD, die nicht hierhin gehörte. Carlo Gesualdo. Seine Frau hatte ein Faible für alte Musik, keines dafür, in den musikalischen Epochen Ordnung zu halten. Nun gut. Eine französische Aufnahme: Madrigaux. Es klang wie ein Frauenname, Madrigaux, Marlène, Margot. Also gut, legte er diese Madrigale auf. Er kannte den Komponisten nicht, er konnte sich nicht erinnern, die CD je gehört zu haben.

Die Stimmen waren suggestiv. Wie sie einander folgten, und wie die Absätze zwischen ihnen standen! Augenblicke des Schweigens. Scharf, dachte er, scharf. Er legte sich hin. Er verstand kein Italienisch, aber er musste die Sprache auch nicht verstehen, um die Töne zu enträtseln. Schönheit, Worte wie Musik, mehr und mehr Musik, und als er zu schwelgen begann, kippten die Stimmen seitwärts, so empfand er, sie wurden geradezu schrill für ein paar Augenblicke, er sah Zeilen vor sich, Linien, die mit Noten bedeckt waren.

Das war schön. Der Geschmack verfeinerte sich, je mehr Musik man gehört hatte im Leben, der Genuss breitete sich geradezu körperlich aus. Wer war dieser Komponist gewesen? Schon zum zweiten Mal heute griff der Mann nach dem Tablet. Er erfuhr, der Komponist war ein Fürst gewesen, der Fürst von Venosa, er war ein Mörder gewesen, und er hatte einen Mord aus Eifersucht begangen. Carlo Gesualdo, Principe da Venosa, war voll Geschick, voll Hinterlist auf die Jagd gegangen und plötzlich zurückgekehrt, um die Liebenden zu ertappen. Er tötete den Liebhaber, die Frau und auch ein kleines

Kind, ein Mädchen, dessen Vaterschaft unklar war. Vielleicht war es auch einer seiner Jagdgenossen gewesen, der sie getötet hatte, vielleicht, so stand das da. Aber er, der Mann, glaubte das nicht. Er war sicher, dass der Fürst den Mord selbst begangen hatte. Er hatte geliebt, er war hintergangen worden. Und danach war er für den Rest seines Lebens in Trauer, Depression und tiefe Reue verfallen. Gesualdo ging straflos aus, so war das gewesen, im 16. Jahrhundert. Die Ehre eines Mannes stand über dem Leben der Ehrverletzer. Es herrschte eine andere Moral. Das war eine historische Tatsache. Und hätte er sonst diese herrliche Musik geschaffen? Das war doch entscheidend, oder etwa nicht? Es war eine außerordentlich produktive Reue gewesen, die Gesualdo nach dem Mord erfüllt hatte. Kunst entstand, dachte der Mann, nun einmal nicht aus moralischem Pflichtgefühl. Er sah die Abbildungen durch, die dem Beitrag auf der Online-Enzyklopädie beigegeben waren. Die letzte zeigte ein Gemälde, das der Fürst selbst in Auftrag gegeben hatte, „Die Vergebung des Carlo Gesualdo". Der Betrachter sah den auferstandenen Christus, umgeben von Heiligen, unter ihm die Hölle, vor der ein kindlicher Engel schwebte. War das denn so? Schwebte ein Engel vor der Hölle? Stand ein Kind zwischen dem Täter und seiner Verdammnis? Auf dem Bild waren auch die Stifterpersonen zu sehen, Gesualdo selbst, schräg hinter ihm ein Kardinal, der wohl mit ihm verwandt gewesen war, gegenüber Gesualdos zweite Frau. Er hatte ein zweites Mal geheiratet nach dem Mord. So war die Zeit. Das war eine historische Tatsache. Der Kardinal wies auf Gesualdo, der die Hände betend gefaltet hielt. Auch die Frau hielt die Hände wie betend. Doch anders als der Fürst blickte sie nicht zum Himmel, sondern schaute aus dem Bild heraus den Betrachter an.

Solche Musik hörte also seine Frau, und offenbar dann, wenn er nicht dabei war. Er überlegte kurz und ergebnislos, wann zuletzt er nicht dabei gewesen war.

Er blieb auf dem Sofa, bis alles verklang. Die Messingeule hatte stillgesessen, nun erhob sie sich und flog durch den Raum. In einer Eingebung streckte der Mann den Arm aus, die Hand. Tatsächlich ließ der Falter sich darauf nieder. Eine Eule, Metapher der Weisheit, ein Schmetterling, Symbol einer Seele. Er dachte wieder an Billie. Dann bewegte er die Hand, der Falter flog auf und ließ sich irgendwo außerhalb seines Gesichtsfelds nieder. Der Mann nahm die Fernbedienung, was er selten tat, und schaltete den Fernseher ein. Er wechselte zwischen den Programmen hin und her, bis er in einer Show hängenblieb. Selbstverständlich war sie geisttötend, und doch konnte er sich nicht von den Bildern lösen, einer Revue junger Frauen, die ihre sportlichen Beine in die Luft warfen. Darüber schlief er ein, und so fand ihn am andern Morgen Rosina, und wieder wunderte er sich über sich selbst, dass er auf dem Sofa übernachtet hatte. Rosina half ihm aufzustehen, den Rest, derweil sie den Fernseher abstellte, die auf dem Sofatisch liegenden Dinge ordnete, das Tablet mit dem Netzteil verband, das Rotweinglas in die Küche trug und überhaupt die unmittelbaren Spuren seines alltäglichen Daseins verwischte, den Rest schaffte er selbst. Er fuhr mit seinem Lift nach oben, legte die nach Schlaf riechenden, verschwitzten Kleider in den Wäschekorb, duschte und kleidete sich neu. Ja, er dachte, und das in der dritten Person: Er kleidet sich. Nicht: Er kleidet sich an. Er genoss den sprachlichen Unterschied und das weiße, gebügelte Hemd.

An diesem Tag wurde es nicht recht warm, kühler Wind ging, und als er schließlich nachließ, fiel durchdringende Feuchtigkeit vom Himmel. Der Mann blieb im Haus und las die Zeitung vom Wochenende, löste auch das Rätsel, das um die Ecke gedacht, also schwierig war. Wie meistens bekam er alle Wörter heraus, auch die lateinischen, englischen und französischen Ausdrücke, für die dieses Rätsel bekannt war. Italienische Wörter, fiel ihm auf, waren fast nie dabei. Und auch nach Komponisten wurde nur selten gefragt. Er schaute hinaus in den Garten. Noch immer regnete es nicht richtig, und doch troff alles vor Nässe, das machte die Farben so intensiv, dass es ihm einen Stich gab. Da war es wieder, dieses todessehnsüchtige Gefühl, das der italienische Madrigalist in seine Musik gelegt hatte. Der Mann erkannte und begrüßte es.

So verging der Tag. Er stand nur selten von seinem Lager auf und nur für ein paar Minuten. Rosina hatte kurz hereingeschaut, ehe sie ging. Auf dem Herd stand ein Schmorgericht, ein Baguette lag bereit, er aß davon. Hunger hatte er kaum, er suchte nur einen Vorwand, eine weitere Flasche Rotwein zu öffnen. Er trank auf seinem Sofa weiter, er war schon den dritten Abend allein. Es dunkelte heute rascher, das lag am trüben Wetter. Doch, er kannte Menschen, die er anrufen konnte. Aber er wollte nicht mit jemandem sprechen, den er anrufen konnte. Er wollte mit seiner Frau sprechen. Der letzte Abend des Kongresses. Er wusste nur zu genau, was oft an solchen letzten Abenden geschah. Man trank, man fachsimpelte, man flirtete. Man trank mehr, er wusste, wo das endete. Darum wäre es gut, wenn sie seine Stimme hörte. Er wusste, wie sie auf seine Stimme reagierte, er wusste, dass er die Stimme eines Verführers hatte. Noch immer. „Wann hörst du bloß diese Madrigale?", könnte er fragen, oder: „Wann hast du diesen Komponisten für mich entdeckt?" Oder: „Wie oft wirst du mich noch überraschen?" Doch womöglich würde sie verstehen, was er wirklich meinte. Er meinte: „Liegst du allein im Bett?" Seine Frau. Sie war jetzt fünfundfünfzig, im gleichen Jahr geboren wie seine Tochter, 1966, sie wirkte noch immer mädchenhaft, so etwas bewirkte nur erfüllende Arbeit, die niemals völlig erschöpfte, sondern aus sich heraus Kraft gab, so etwas bewirkte Bewegung in Licht und Luft. Seine Frau war sportlich, auch das erinnerte ihn an seine Tochter. Ihr Körper war glatt, fast wie damals, ihre Muskeln waren noch immer lang, elegant. Das bewirkte die Liebe. Seine Liebe. Die Liebe höret nimmer auf, dachte er, auf einem Friedhof hatte er einmal einen Grabstein gesehen, der diese Inschrift trug, Korinther 13, darunter die Namen eines Mannes und einer Frau. Sie hatten nicht den gleichen Namen, doch das gleiche Sterbedatum.

Wie wohl seine Tochter heute aussah. Es gab niemanden, den er fragen konnte.

Er nahm nun doch das Telefon zur Hand, die Nummer seiner Frau war gespeichert, er hörte das Zeichen, die Box sprang nicht an, der Anruf wurde nicht weggedrückt, das Zeichen, das Zeichen, das Zeichen, und sie ging nicht dran, er legte auf. Wahrscheinlich lag ihr Handy im Hotelzimmer, und sie saß an der Bar. Oder sie lag auf dem Bett und ging dennoch nicht dran. Weil. Weil. Weil. Aber auch wenn seine Frau drangginge, würde er ihr nicht sagen können, dass er nach all den Jahren der Ehe und der Gewöhnung eifersüchtig war. Der Gedanke, es könnte ein anderer ihren Körper berühren wie er, demütigte ihn, er dachte es mit diesem Wort: demütigen. Er würde es nicht sagen können, sie würde es trotzdem wissen. Er fühlte den Wunsch brennen, dass sie ihn noch genauso begehrte wie er sie. Auf welche Gedanken ihn dieser Madrigalist brachte!

Wo war denn jetzt das Tablet? Ihm fiel ein, Rosina hatte es zum Aufladen zum Sekretär getragen und mit dem Netzteil verbunden. Da drüben. Seine Beweglichkeit fehlte ihm wirklich. Er erhob sich, unterdrückte ein Seufzen dabei, nahm das Telefon mit zum Sekretär, um keinen Anruf zu verpassen. Der Lehnstuhl, sich hinsetzen, durchatmen. Er schaltete das Tablet ein und wartete, plötzlich ungeduldig, dass die Suchmaschine bereit würde. Ohne nachzudenken, gab er den Namen seiner Frau ein und den Veranstaltungsort, wo der Kongress stattfand. Zuerst fand er das Programm, dann auch einige Videos. Der Vortrag seiner Frau war nicht dabei. Er klickte hin und her, bis er einige Fotos entdeckte, die Podien und Zuhörerschaft zeigten. Er vergrößerte eins nach dem anderen, bis er ein Bild fand, das sie zeigte. Sie stand in einer lockeren Gruppe gestikulierender Menschen, aber sie stand im Hintergrund, ihr Gesicht war undeutlich, und er konnte nicht ausmachen, wen sie anschaute. Den Betrachter allerdings nicht.

Und jetzt? Er versuchte es erneut, wieder ging sie nicht ans Telefon. Im Internet herumzusuchen, nur so zum Spaß, war ihm fremd. Und doch gaben seine Finger wie von selbst etwas ein. Seinen Namen. Ganz oben in den Suchergebnissen fand er das Symposion, das seine Kollegen ihm bei der Emeritierung bereitet hatten, mit Vorträgen, Blumen, Sonderdrucken. Nun, das war vorbei. Wieder gab er einen Namen ein, den seiner Tochter. Sie hatte sicher nicht geheiratet oder wenn doch, hatte sie ganz bestimmt ihren Namen behalten. Es war nicht sein Name. Sondern sie hatte damals, als sie volljährig wurde, den Mädchennamen ihrer Mutter angenommen. Er ahnte, wie sie das beim Standesamt begründet hatte, fühlte den Ärger von damals und die Nachsicht von jetzt. Jetzt.

Auf dem Display erschienen mehrere Einträge. Anscheinend arbeitete sie immer noch in einer Einrichtung, die „für Frauen" im Namen trug, wenn es auch keine Kneipe mehr war, sondern ein Kulturzentrum. Sie trug einen Doktortitel. Ah, das war befriedigend. Sie war eben doch die Tochter ihrer Eltern, sie war eben doch sein Kind.

Er wusste nicht, wie ihm geschah, er dachte nicht nach, was er da tat, er wählte die Nummer dieser Einrichtung, in der sie arbeitete oder einmal gearbeitet haben musste, sonst stünde ja ihr Name nicht dort. Er hörte es klingeln und stellte sich vor, jemand höbe ab. Es klingelte und klingelte, er wusste nicht, warum er das tat, warum er nicht auflegte. Was, wenn jetzt jemand dranginge, was schon, egal, dann würde er sagen: „Verzeihung, verwählt", das konnte man immer sagen.

Und dann klickte es. Jemand hob ab. Und die Stimme einer Frau sagte den Namen, den sein Kind sich gewählt hatte. Er dachte überhaupt nicht nach, er sagte: „Billie?" Und die Frau am anderen Ende sagte: „Wer spricht denn da?" Er sagte: „Billie, ich bin es." Sie sagte seinen Nachnamen. Er nickte, aber das konnte sie nicht hören, er sagte: „Ja, ich bin es. Dein Vater. Können wir miteinander reden wie erwachsene Menschen? Wir sind doch erwachsene Menschen, jetzt."

„Du warst auch damals erwachsen", sagte sie, „nur ich war das Kind, erinnerst du dich." Es war keine Frage.

Er reagierte mit dem, was ihm sofort einkam, weil es seine Gedanken über dieses Kind beherrschte: „Du warst ein schönes Kind. Beneidenswert. Begehrenswert."

„Du konntest den Größenunterschied erkennen", sagte sie.

„Billie, ich bin ein alter Mann", sagte er, „und du bist nicht mehr jung. Ich möchte nicht so", und sie unterbrach ihn, sie sagte: „Du möchtest nicht unversöhnt sterben, ist es das?"

„Ja", sagte er. Er fühlte sich schwanken, schwankte der Lehnstuhl, bebte die Erde? Ach, er hatte etwas angezettelt gegen sich, mit diesem Anruf.

„Du bist einsam", sagte sie.

„Nein nein", antwortete er, „heute Abend bin ich allein hier, aber einsam bin ich nicht."

Und die Frau, die seine Tochter war, sie sagte: „Aber das lässt sich machen."

Sein Atem stockte, aber sein Herz schlug weiter, und der Atem setzte wieder ein.

Billie sagte: „Möchtest du wirklich wissen, was ich denke?"

„Natürlich, wir sind doch unter uns, warum sollte ich nicht wissen wollen, was du denkst?", er war sich sicher, ja, er wollte das.

Sie sagte: „Gut. Vor ungefähr zehn Jahren habe ich eine Therapie gemacht, viele Stunden. Und ich verstand immer noch nicht, warum du mich misshandelt hast."

„Aber Billie, ich habe dich geliebt, zärtlich -" Er fühlte keinen Ärger, nur Nachsicht.

„Du hast mich angerufen. Willst du nun wissen, was ich denke? Oder nicht?"

Die Nachsicht schwand, aber er liebte sie noch immer, das fühlte er deutlich. „Sprich."

„Eines Tages sagte meine Therapeutin, es käme nicht auf Gründe an. Was würde ich tun, wenn der Täter nachvollziehbare Gründe gehabt hätte? Würde ich mich besser fühlen, wenn ich wüsste, dass du mich aus Vernunft misshandelt hättest? Würde ich mich besser fühlen, wenn ich das Instrument einer höheren Rationalität gewesen wäre?"

Sie schwieg einen Augenblick, und er dachte: Rationalität doch nicht, sowieso nicht Misshandlung, er dachte: Liebe, nicht Rationalität, Liebe, und zwar die höchste, die tiefste...

Jetzt sprach sie weiter, seine Tochter: „Meine Therapeutin sagte, am Ende komme es nur auf eines an", sie schwieg einen Moment, dann sagte sie: „auf die Isolierung des Täters." So sagte sie das, und dann sagte sie: „Gute Nacht."

Es war still. Die Kehle war ihm zugeschnürt, das Herz schlug weiter. Es hatte im Hörer geklickt. Er hatte den Impuls, das Telefon wegzuwerfen, da blockierte seine Hand, sein Körper blockierte, etwas riss durch sein seit siebeneinhalb Jahrzehnten verletztes Bein. Das mussten Nervenschmerzen sein, dieses Stakkato elektrischer Schläge, das Bein bewegte sich unkontrolliert. Kontrollverlust. Warum hatte er diese Nummer gewählt, warum war Billie ausgerechnet an diesem Abend, um diese Uhrzeit an ihrem Arbeitsplatz gewesen? Das konnte er doch nicht wissen, als er die Nummer wählte. Und er hatte nichts gefragt, aber sie hatte die Antwort sofort parat gehabt, als hätte sie sich Jahre um Jahre auf diesen Augenblick vorbereitet. Das also war der Moment der Erkenntnis. In der Dämmerung seines Alters. In der Abenddämmerung des Tages. Wurde man etwa weise in der Dämmerung? Er hatte etwas verloren. Er wusste, was er getan hatte, aber er verstand es nicht. Und es gab niemanden, mit dem er seinen Schmerz würde teilen können.

Wieder zuckte etwas in seinem Bein, wieder griffen diese elektrischen Schläge an, setzen die Attacke fort durch den ganzen Körper. Konnte er überhaupt aufstehen? Er stemmte sich hoch, eine Hand auf der Schreibplatte des Sekretärs, eine an der Stuhllehne, der Stuhl wackelte, es fehlte wenig, dass der Mann hinstürzte. Endlich stand er und schleppte sich gebeugt die wenigen Schritte zu seinem Sofa.

Hoffentlich rief seine Frau ihn nicht gerade jetzt zurück. Er würde gar nicht sprechen können vor physischem Schmerz. Er lehnte sich an, jetzt saß er erst mal, dachte er, und da war der Wein. Er trank rasch und fühlte die elektrischen Schläge verebben, der Wein glitt hinunter, doch Genuss, das wusste er genau, würde sich nicht einstellen. Was musste seine Frau ausgerechnet jetzt zu diesem Kongress gefahren sein. Warum hatte sie ihm diese CD hinlegen müssen. Seine Frau. Er trank noch einmal, dann lehnte er sich zurück. In seinem Kopf war dieses Motiv, diese Anfangssequenz des Saxophonisten, aus der es hervorging, *a love supreme, a love supreme*, es schlug in ihm wie ein Herz. Und jetzt war auch der Nachtfalter wieder da, er flog rasch heran, der Mann wedelte ihn weg, aber das dumme, orientierungslose Tier kam erneut auf ihn zu. Er schloss die Augen, ein Luftzug streifte ihn. Er öffnete die Augen, da sah er das Tier wieder auf der Wand sitzen, drüben über dem Sekretär. Als schaue es ihn an. Sie hatte jahrzehntelang nicht mit ihm gesprochen. Sie würde nie mehr mit ihm sprechen. Denn das hatten ihre Worte bedeutet, genau das. Gott, und wie schnell sie diese Worte zur Hand gehabt hatte. Er nahm das Glas und trank, dabei tropfte etwas von dem Wein auf sein Hemd, rot, dachte er, rot, aber es war kein Blut, sondern Rotwein, und sein weißes Hemd war längst nicht verdorben, man konnte es waschen, es war noch lange nicht sein letztes Hemd. Das war es doch wirklich nicht. Er würde nicht in Depression verfallen, nicht in Reue, wie dieser italienische Madrigalist, er komponierte ja auch nicht, er rezipierte, das war auch eine Kunst, die man sublimieren konnte, und es war genug. Und er hatte doch auch niemanden umgebracht. Liebe brauchte keine Rechtfertigung, Liebe rechtfertigte sich aus sich selbst. Es gelang ihm, sich bequemer zurechtzulegen.

So fand ihn seine zweite Frau am nächsten Vormittag, auf dem Sofa liegend, die Augen offen. Die Luft war stickig, sie ging, ehe sie ihn ansprach, zur Terassentür und öffnete sie weit. Dann wendete die Frau sich zu ihm. Auf seiner Brust sah sie einen großen Schmetterling sitzen, ihr fielen die ungewöhnlichen Farben auf. Die Bewegung im Zimmer störte das Tier auf, es flog hoch, es flog gerade zur Tür hinaus. Sie beugte sich zu dem Mann, sie sagte seinen Namen, sie berührte ihn, aber er reagierte kaum. Ihr Blick glitt durchs Zimmer, sie richtete sich auf. Sie ging nicht hinüber zum Sekretär, wo sie das Telefon liegen sah, sondern zog ihr Mobiltelefon aus der Hosentasche. Sie wählte die 112. Sie hob ihr Gesicht. Sie sieht euch in die Augen.

Die Unterirdischen

„Nun lieber Hans", sagte der Herr, als er ihn eingeholt hatte, „hast du die Kuh gefunden, nach der ich dich ausgeschickt habe?" „Nein, Herr", antwortete er, „die Kuh habe ich nicht gefunden, aber auch nicht gesucht." „Was hast du denn gesucht, Hans?" „Etwas Besseres, und das habe ich auch glücklich gefunden." „Was ist das, Hans?" „Drei Amseln" antwortete der Knecht. „Und wo sind sie?" fragte der Herr. „Eine sehe ich, die andere höre ich und die dritte jage ich" antwortete der kluge Knecht.

Brüder Grimm, Der kluge Knecht

Es war einmal eine Frau, die war einsam im Herzen. Sie suchte und wusste selbst nicht was. Müde kam sie morgens an ihren Arbeitsplatz, und nahm sie abends den Mantel vom Haken, dachte sie an die Nacht voller Grübelei, die vor ihr lag.

Dieser Zustand, in dem die Frau sich befand, blieb lange verborgen. Sie arbeitete an einer Universität in Forschung und Lehre und konnte viele Stunden ihrer Arbeitszeit tun, wonach ihr der Sinn stand. Die Studierenden bemerkten zuerst, dass die Frau Lust und Liebe verloren hatte. Denn ihr Fach war die Wissenschaft von der schönen Literatur, die oft von denen studiert wird, die das Gras wachsen hören und in jeder Melancholie eine Wiederkehr der romantischen Strömung vermuten. Doch will auch die melancholischste Strömung beherzt und mit Freude vermittelt sein. Die Frau kam hier zu spät zu einem Proseminar, vergaß da eine Studierendenberatung und versäumte dort eine Sitzung im Fachbereich.

Das ging ein Jahr, da beschwerten sich Studierende im Dekanat, dass ihre Arbeiten schleppend, bisweilen gar nicht korrigiert wurden. Einem Studenten hatte sie die Prüfung verschoben und verschoben, so dass er nicht zum Ende kam. Die Dekanin, an Beschwerden nicht gewöhnt, ging auf direktem Weg zum Büro der Frau, die gerade Sprechstunde hatte. Niemand wartete dort, die Dekanin klopfte und trat sofort ein. Erschrocken blickte die Frau von ihrem Computer auf. Die Dekanin sah, dass sie geträumt hatte. Was war es, das sie so beschäftigte? Hatte sie Schwierigkeiten mit ihrer Forschungsarbeit? Hatte sie das Interesse verloren? Die Frau sagte nicht muff und nicht maff. Das missfiel der Dekanin, und sie sprach: „Mir scheint, Sie sind ausgebrannt und langweilen sich. Floss nicht einmal Feuerwasser in Ihren Adern statt lauter Trägheit? Erinnern Sie sich, mit welchen Plänen Sie hier angetreten sind?" Als die Frau erwidern wollte, verbot sie ihr mit einer Handbewegung den Mund. „Sie nehmen drei Wochen Urlaub. Eigentlich ist noch keine Semesterpause, aber wie Sie zuletzt gearbeitet haben", sie lachte trocken, „wird niemand Sie vermissen. Fahren Sie auf eine Nordseeinsel, da ist es jetzt leer. Gehen Sie in Klausur. Tags laufen Sie sich aus, abends schreiben Sie. In drei Wochen legen Sie mir Ihre Arbeit vor. Wecken Sie ein paar schlafende Hunde in den Erzählungen von E.T.A. Hoffmann." Einwände waren nicht zugelassen, kein „Was-wenn-nicht?" wurde beantwortet. Schon war die Dekanin aus der Tür.

Die Frau schloss die Augen. Ihr war, als sei sie unter Wasser gesetzt. Wie ferngesteuert buchte sie eine Ferienwohnung, kaufte Fahrkarte und Fährkarte. Daheim packte sie Hosen und Pullover in den Koffer, Laptop, Notizbuch und Stifte in den Rucksack. Das Buch mit Hoffmanns phantastischen Erzählungen presste sie in die Außentasche. Am nächsten Morgen brach sie auf ans Meer. Sie starrte aus dem Zugfenster auf die Landschaft, über der dünne Schneefahnen wehten. Sie zerrte den Koffer aufs Schiff und stand frierend auf dem Deck, während ein paar Möwen das Schiff geleiteten, aber bald zurückblieben. Im Salon bestellte sie Tee, doch er war fad und machte das Herz nicht warm. Sie hieß Maren.

Der Bus ging direkt vom Anleger, sie fuhr bis ins letzte Dorf der Insel und fand alles wie in der Mail des Tourismusbüros beschrieben, ein wasserdichter Umschlag mit dem Schlüssel darin klemmte im Türfalz. Die Wohnung erwärmte sich rasch. Maren hörte die Heizung zischen, sie hörte den Fußboden knacken und den Wind an den Fenstern rütteln. Sonst war es still. Im Januar waren keine anderen Gäste im Haus. Jetzt war sie wirklich einsam. Sie zog Jacke und Schuhe an, um im Supermarkt das Nötigste zu besorgen, doch der hatte schon bei Einbruch der Dämmerung geschlossen. Langsam lief Maren die Straße zum Strand hinunter. Hinter dem Strandübergang kniff eisiger Wind in ihre Wangen. Weit draußen fuhr ein Licht, das mochte ein Schiff sein. Rückzu kam sie an einigen Lokalen vorbei, alle waren geschlossen, nur ein Hotelrestaurant hatte Licht, aber sie wollte nicht schon am ersten Tag viel Geld ausgeben. Die Worte der Dekanin steckten ihr in den Knochen. Denn eigentlich sollte Marens Stelle entfristet werden, entschieden war es bislang nicht. Huh. Sie schob die Hände mitsamt Handschuhen in die Taschen. Rechterhand sah sie eine Leuchtschrift, die sie vorhin nicht bemerkt hatte: „Onerbäänken", es schien ein Lokal zu sein. Maren ging die paar Stufen hinab zur Tür und trat ein. Der niedrige Raum war fast leer, trotzdem warm, einladend. Nur ein Tisch war besetzt, die Wirtin – es musste die Wirtin sein – stand da und redete mit den Gästen in einer Sprache, die Maren nicht kannte, wohl Friesisch. Sie sagte guten Abend und nahm am Tresen Platz. Die Wirtin legte ihr eine Karte vor, die mit bräunlichem Kunstleder bezogen war. Es gab ein paar einfache Gerichte und viele heiße Getränke. Maren trank gierig den ersten Schluck vom Sanddornpunsch, verbrühte sich den Mund und fühlte den Alkohol im Magen brennen. Erst als Bratkartoffeln und Fisch kamen, mäßigte sie sich und aß langsam. Sie trank ein zweites Glas.

Beim Bezahlen fragte Maren die Wirtin, was der Name des Lokals bedeute.

„Onerbäänken sind Erdgeister. Früher wohnten sie auf allen Inseln, doch eines Tages gefiel es ihnen, sich hierher übersetzen zu lassen. Sie sollen den Fährmann reich belohnt haben, für jeden der Ihren mit einem Goldstück."

„Glauben Sie, es gibt noch welche?"

„Was denken Sie!" Dabei sah sie Maren direkt ins Gesicht, die nicht verstand, was die Antwort bedeutete, die Augen aber nicht niederschlug.

Es war ein kurzer Weg zur Ferienwohnung. Berauscht, wie Maren war, ließ sie den E.T.A. Hoffmann liegen. Im Schlaf fühlte sie sich wieder auf der Fähre. Diesmal war das Schiff voll besetzt mit Leuten, die ihre Mützen und breitrandigen Hüte aufbehielten und Maren nötigten, Kaffee mit Rum zu trinken, bis sich alles drehte. Ihr Gesicht glühte. War den anderen nicht heiß unter ihren Kopfbedeckungen? Jemand sang „Von Branntwein toll und Finsternissen, von unerhörten Güssen nass...", war das nicht Brecht? Da fuhr eiskalter Wind in den großen Gastraum. Maren wachte auf, konnte sich nicht gleich besinnen, wo sie war, und suchte im Dunklen desorientiert nach der Decke, die sie im Schlaf abgeworfen hatte. Ehe sie wieder einschlief, fiel ihr der Refrain des Liedes ein: „O Himmel strahlender Azur".

In den nächsten Tagen wurde es kälter. Ostwind blies. Der Himmel war blau. Manchmal blieb die Fähre aus, doch der kleine Supermarkt verfügte über unerschöpfliche Vorräte. Maren ging jeden Vormittag zum Strand. Es gab eigentlich nur drei Farben: dieses Blau, das zwischen Himmel und Meer hin und her gespiegelt wurde, ein durchsichtiges, eisiges Weiß und blasses Gelb vom Sand. Das bisschen Schnee wurde von der Sonne fortgeleckt, ohne erst zu tauen. Das nannte man Sublimation, fiel ihr ein, der direkte Übergang des Wassers vom festen in den gasförmigen Zustand, die Luft musste nur kalt genug und trocken genug sein. Sie hörte die See unter den Eisscherben schwappen, die sich an der Wasserlinie stapelten. Sublimieren, bedeutete das nicht auch, einen Trieb in Kunst umzusetzen? Sie spürte keinen Trieb.

Nachmittags, wenn die Dunkelheit einfiel, saß Maren am Computer. Sie las sich fest in Hoffmanns Erzählungen. Mit dem Schreiben aber ging es nicht voran. Schlussendlich stieß sie auf die Geschichte des schwedischen Seemanns Elis Fröbom. Der Geist eines toten Bergmanns verleitete Elis Fröbom, nach Falun zu gehen und dort selbst ein Bergmann zu werden. Sie las, wie Elis erschrak, als er die große Pinge erblickte, die Öffnung des Berges zum Tageslicht, eine tiefe Grube. Man sah die Erzschichten, die Eingänge alter Stollen und Schächte, Felsen, Steine, Schutt, Trümmer, Zacken.

Maren benutzte eine Suchmaschine. Das Bergwerk in Falun reichte tausend Jahre tief in die Geschichte. Und die Geschichte erzählte von Raubbau, von Gold und Geld, von Feuern, mit denen das Gestein mürbe gemacht wurde, um die Erze zu gewinnen, von giftigen Quecksilberdämpfen und Grubeneinstürzen. Sie stieß auf Indizien, dass Hoffmann davon gewusst hatte. Kein Wunder, dass er seine Figur, Elis, grausen machte. Kein Wunder, dass er dem Seemann einen Vergleich mit Dantes Abstieg ins Inferno unterschob. Konnte denn ein Seemann Dante gelesen haben? Nein, auf Realismus kam es Hoffmann nicht an, sondern auf die tödlichen Abgründe, in die er seinen Helden laufen ließ wie in offene Messer. Man glaubte ihm. Und all diese Abgründe deutete Hoffmann weiblich und vermischte das auf vertrackte Art mit Motiven unerfüllter Liebe. Maren schrieb in ihr Notizbuch: „psychoanalytisch vor dem Begriff" und „frustriertes Begehren". Dann ging sie das Lokal vom ersten Abend besuchen.

Heute herrschte Stimmengewirr, und vorn am Tresen stand ein Mann, der rauchte. Sie schob sich vorbei und setzte sich Rücken zur Wand, das Lokal im Blick. Die Wirtin kannte sie schon und hob ein Punschglas, Maren nickte. Bald stand das starke Getränk vor ihr. Der Raucher drehte sich herum, musterte sie, und als sie ausgetrunken hatte, trat er näher. Er fragte: „Noch einen?", und winkte der Wirtin. Maren ließ sich's gefallen. Er war wohl ein paar Jahre älter als sie, aber als er den Barhocker neben ihr besetzte, kamen ihre Gesichter auf gleiche Höhe, und er schien ihr alterslos erwachsen. „Diese Jahreszeit", sprach er, „ist das nicht ein bisschen kalt?" Sie wollte etwas Schnippisches sagen, etwas wie „Frieren Sie etwa?", aber das hätte sich zu leicht ins Anzügliche wenden lassen, und sie antwortete nur: „Sie sind ja auch da."

„Ich wohne hier."

„Sind Sie hier geboren?"

„Nein, auf der Nachbarinsel drüben." Er machte eine unbestimmte Kopfbewegung.

Maren nickte. „War es dort nicht gut?"

„Doch. Aber hier ist es besser."

„Was ist hier besser?", fragte sie weiter.

Er schüttelte den Kopf. „Wollen Sie mich ausfragen? Was machen Sie denn hier?"

Er dreht den Spieß um, dachte sie, und antwortete doch ehrlich: „Ich gehe morgens an den Strand und schreibe nachmittags an einer Studie über E.T.A. Hoffmann."

„Und das Schreiben gefällt Ihnen nicht."

„Früher hat es mir gefallen, jetzt", sie stockte. Was war eigentlich jetzt?

„Jetzt finden Sie alles zu leicht zu entschlüsseln. Das langweilt Sie."

Das klang wie etwas, das auch die Dekanin hätte sagen können. Unwillig antwortete Maren: „Wenn ich vom Strand hereinkomme, bin ich müde. E.T.A. Hoffmann", sie überlegte, „also er schreibt davon, wie der aufkommende Kapitalismus und die politische Restauration der Welt den Zauber aussaugen. Wie die Menschen zwischen ihrem angeborenen zauberischen Wesen und der kalten Dingwelt pendeln und dann verrückt werden. Oder entrückt. Sie scheitern."

„Ist das so?"

„So ungefähr. Aber meine Gedanken laufen in eine andere Richtung."

„Sie fürchten, ebenfalls zu scheitern."

Maren sah ihn an. Ja, sie fürchtete, ihre Anstellung zu verlieren. Trotzdem hörte sie sich sagen: „Ich weiß nicht, ob das Scheitern wäre."

Plötzlich war sie fürchterlich müde. Was erzählte sie diesem Mann? Sie griff etwas Geld aus der Hosentasche und legte es auf den Tresen. Er legte einen Geldschein dazu. „Ich begleite Sie ein Stück." Seine Augen waren durchscheinend blau. Er streckte ihr die Hand hin. „Ich heiße Ayko." Maren zögerte, entschloss sich und nahm seine Hand, die warm war und fest. „Maren. Freut mich, Ayko." Er nickte. „Gestern habe ich dich in der Lütten Jaat in ein Ferienhaus gehen sehen. Meine Werkstatt ist in der Nähe." Die Wirtin kam, nahm das Geld, sie gingen. Draußen war es klar, Orion stand direkt über ihnen, Ayko nannte ihn den Himmelsjäger und fügte hinzu, er selbst sei eher Sammler. Bevor Maren in den Weg zum Ferienhaus einbog, deutete Ayko auf einen Pfad, der zum Watt führte: „Da unten ist meine Werkstatt. Wenn du morgen Vormittag hinausgehst, schau vorbei. Ich laufe mit dir um die Nordspitze." Maren nickte vage und dachte im Gehen, den Orion hätte sie auch selbst erkannt.

In dieser Nacht wanderten Lichter und Schatten über die Zimmerwand. Waren es ziehende Wolken, die das Mondlicht verdeckten und freigaben, war es das rhythmische Blinken des Leuchtturms? Waren diese Lichter in den anderen Nächten auch dagewesen? Maren zog die zweite Bettdecke zu sich herüber, aber als sie aufwachte, fror sie noch immer. Der Morgen graute. Sie brauchte Bewegung. Sie stand auf, ließ das Wasser laufen, bis es warm wurde, warf sich eine Handvoll ins Gesicht, putzte die Zähne, trank einen Schluck. Sie zog dicke Wollsocken an. Welches Gebäude Ayko gemeint hatte, wusste sie, es war ihr schon aufgefallen. Es lag etwas zurückgesetzt von der Straße unten am Watt, fast schien es in den Geesthügel hineingebaut, auf dem das Dorf stand. Jetzt war das breite Fenster erleuchtet. Aber sie ging vorbei, Richtung

Osten, Richtung Sonnenaufgang, dahin, wo das Watt diese und die benachbarte Insel trennte. Es war Niedrigwasser, der Schlick nackt und dunkel, dagegen standen die Wiesen weiß, von Reif überzogen. Als sie auf dem Deich anlangte, hatte sich der Horizont bereits verfärbt, düster und rosa zugleich. Die Farbe vertiefte sich, wurde dunkel wie Blut, loderte auf, als die Sonne sich von unten her dem Horizont näherte. In diesem Licht sah Maren, dass der Meeresgrund keineswegs glatt war, sondern tausendfach gerippt und gebuckelt von den Wellen. In wenigen Stunden würde er wieder vom Meer bedeckt sein.

Elis Fröbom fiel ihr ein, der das Meer geliebt hatte. Mit dem Lohn, den er auf einem Ostindienfahrer erworben hatte, kehrte er in den Heimathafen zurück. Doch da war seine Mutter tot, gestorben, während er über das Meer fuhr. Und er hätte ihr so gern seine Heuer, das blanke Geld in den Schoß geschüttet. Mein Gott!, dachte Maren, hatte Hoffmann wirklich „in den Schoß schütten" geschrieben? Was für ein literarischer Instinkt: Sexualität und Geld, Sexualität und Schrecken, dass es nur so schillerte. Und als Elis Fröbom nicht wusste, wem er sein Geld nun in den Schoß schütten konnte, diagnostizierte Hoffmann Lebensekel bei seinem Geschöpf.

Doch ehe Maren sich in diesen Gedanken verlor, tauchte die Sonne, langsam, riesig, kalt, aus dem Horizont in die Oberseite der Welt. Die Sonne färbte den Schlick erst rotviolett, dann golden. Maren fühlte ihre Füße und Zehen brennen, das kam von der Kälte. Um wieder warm zu werden, trat sie von einem Fuß auf den anderen und begann auf dem Deich zu laufen. Die Sonne ging neben ihr, wurde heller und weiß, das Gold auf dem Watt verwandelte sich in Silber.

„Glänzt wie Quecksilber", sagte eine Stimme hinter

ihr. Maren erschrak kaum und drehte sich nicht um, sie erkannte Aykos Stimme. Sie sagte: „Wie flüssiges Silber."

„Das Wort Quecksilber bedeutet bewegtes, flüssiges Silber." Dann: „Wolltest du nicht vorbeikommen?"

Maren drehte sich halb um. „Es war zu früh."

„Du wolltest lieber allein sein."

Das stimmte, aber sie sagte es nicht. Ayko blieb hinter ihr. „In der Antike hat man Quecksilber durch Sublimation aus Zinnober gewonnen."

Jetzt drehte sie sich zu ihm. „Wie kommst du darauf?"

„Weil dich das interessiert."

„Aha."

Nach einem Kilometer lief der Deich in die Dünen, die sein Ende verschütteten, und jenseits der Dünen musste die andere Seite der Insel liegen, der Strand zur offenen See. Maren blieb so abrupt stehen, dass Ayko beinahe auf sie geprallt wäre.

„Willst du nicht zur Nordspitze laufen?", fragte er.

„Doch. Wo lang?"

„Warte, erst:" Er griff hinter sich und zog eine Thermosflasche aus dem Rucksack. Der Kaffee war heiß und bitter und milchig und erwärmte Maren im Nu bis in die Zehenspitzen.

Ayko zeigte ihr, an welcher Stelle der Weg über die Dünen verlief, aber den würden sie jetzt nicht nehmen, sondern die Inselspitze ganz umlaufen. Zuerst kam ein Bohlenweg, der endete bald, danach liefen sie auf dem festen Randstreifen des Watts. Die Dünen waren Vogelschutzgebiet. Man sah, dass das Wasser bei Flut fast bis an die Absperrung reichen würde, aber so weit war es noch lange nicht. Sie gingen und gingen. Marens Kleidung war außen steif vor Kälte, darunter schwitzte sie, denn das ungewohnte Gehen auf dem Untergrund aus Sand und Schlick strengte an. Sie hörte sich atmen. Ayko ging rasch. Sie kamen zu den Ausläufern der Dünen, zur Inselspitze, wo man auf einen Ausguck steigen konnte. Er war keinen Meter hoch, doch hoch genug, dass man die Vogelkolonie sah und einige Seehunde, ihre altertümlichen, massigen Körper. Maren stand bewegungslos. „Man nennt das eine Odde, diese Spitze." Ayko reichte ihr erneut den Trinkbecher. Das Koffein ging ins Blut. Sie teilten.

„Gehen wir?" Sie wendeten sich nach Süden, rechts das Meer, links die Sonne, links auch die hohen Dünen, in deren Fuß Strandhafer angepflanzt war. Seine Wurzeln sollten das Land festhalten, damit das Meer es nicht fortnahm.

Alles war so reduziert, dachte Maren: Meer, Düne, Himmel. Das Gehen erschien ihr wie ein Gegangenwerden.

Mit einem Mal gewahrte sie weiter vorn etwas zwischen Strand und Meer. War das ein Anleger? Waren da Menschen? An den anderen Tagen hatte Maren kaum einmal eine Spaziergängerin mit Hund gesehen, erst recht keine Gruppe. Auch konnte dort vorn nicht schon der Strandübergang zum Dorf hin sein, dafür waren sie zu weit nördlich. Im Näherkommen erkannte Maren einen natürlichen Hafen, zur See hin geschützt von einer Sandbank. Ein Boot schien gelandet. Oder gestrandet. „Ist es auf Sand gelaufen?" Ayko nickte. „Sie haben es trockenfallen lassen. Bei auflaufendem Wasser wird es wieder frei. Bis dahin müssen alle ausgestiegen sein." Jetzt erkannte Maren, dass Männer und Frauen mit großen Rucksäcken aus dem Boot stiegen, einander über die vereiste Kante halfen und sich zielstrebig auf die Dünen zu bewegten.

„Gehen sie wandern?"

„Nicht direkt."

„Aber du weißt, wohin sie gehen?"

Ayko nickte.

„Was sind das für Leute?"

Ayko sagte: „Das sind Aussteiger."

Maren schwieg verblüfft.

„Willst du sehen, wohin sie gehen?"

Maren antwortete gar nicht erst, sondern lief in die Richtung, in die auch die Leute mit den Rucksäcken gingen. Sie hatten der Last zum Trotz einen guten Tritt, stiegen die Dünen hoch und hinüber. Maren hörte sich wieder atmen. Ayko war dicht hinter ihr, sie hörte auch ihn atmen. Sie waren in den Dünen, sie waren allein. Das schoss ihr durch den Kopf, sie schob es weg, sie eilte und rutschte beinahe den Dünenweg hinab. Schon waren sie wieder auf der dem Land zugewandten Seite der Insel. Die Leute gingen zügig durch die Marschwiesen, nahmen aber keinen der Wege ins Dorf. Im Grunde näherten sie sich, ja, sie näherten sich Aykos Werkstatt. Maren beschleunigte den Schritt, um besser zu sehen, und sie sah, dass neben dem Gebäude eine Tür in den Geesthang hineinführte. Sie hätte Stein und Bein geschworen, dass die heute früh nicht dagewesen war. War es möglich, dass sie die Tür übersehen hatte? Die Rucksackleute gingen hinein, der letzte zog die Tür zu.

„Was?"

„Ja, was?" sagte Ayko, erklärte es aber nicht. „Wollen wir nicht zu mir gehen? Du hast sicher nicht gefrühstückt." Das stimmte, sie fühlte es jetzt körperlich, eine leichte Übelkeit, ein Drehen im Blickfeld. Wechselte der einfach das Thema. Ihre Gedanken drehten ins Leere. Sie nickte. Die Sonne hatte bereits den höchsten Stand erreicht. So lang war ihr der Weg nicht vorgekommen, und doch waren ihre Füße schwer. Der Weg war gar nicht so lang, der Tag war so kurz. Jetzt waren sie an der Werkstatt. Auf dem Klingelschild stand „Messerschmied". Ayko schloss auf, er sagte: „Willkommen." Maren trat ein, wieder drehte etwas in ihr. Alles war so, so, ein bisschen dunstig vielleicht, das Licht draußen war fast grell gewesen, in der dämmrigen Werkstatt entspannten sich die Augen erst nach und nach. Dann sah sie klarer, erkannte eine Werkbank, einen Amboss, eine Lampe, mit der sich die Arbeitsfläche genau ausleuchten ließ, Hämmer, Zangen, Werkstücke. In einer Vitrine lag eine Anzahl fertiger Messer. Messerschmied, wie passend, perfekt und nicht ungefährlich. „Das kannst du dir später ansehen", sagte Ayko und ging durch die Werkstatt nach hinten, öffnete eine Tür, noch eine, ließ sie vorangehen, schloss die Türen. Maren sah sich in einem schönen Raum stehen, der, anders, als sie vermutet hätte, nicht in den Hang hineingebaut war, sondern sich mit Glastür und Fenster in einen Garten öffnete. Apfelbaum, Holunder, Kräuterbeet. Ein Zimmer, eigentlich eine Wohnung, mit Küche, Holztisch und Bänken, mit Bücherregalen, zwei Sesselchen. Dem Fenster gegenüber stand ein Bett, über das eine gewebte Decke gebreitet lag. Was für eine aufgeräumte kleine Welt. Ihr fiel ein, dass sie zu Hause in der Stadt zuletzt nicht nur ihre Arbeit, sondern auch die Wohnung vernachlässigt hatte. Wer so aufgeräumt lebte, war der versöhnt, mit sich im Reinen? Ayko bewegte sich rasch, er kochte Tee, stellte Brot und Käse auf den Tisch, legte, ohne zu fragen, Stücke Kandiszucker in die Tassen, goss den Tee darauf und ließ über einen Löffel Sahne dazulaufen. Sie setzten sich, der Kandis zerplatzte mit leisem Geräusch, sie tranken und aßen. Maren fühlte sich erwärmt. „Gut?", fragte er. „Vollkommen", antwortete sie. Sie fühlte sich wach, voll Neugier und Antrieb, das musste von dem Tee kommen. „Ayko", sagte sie, „was sind das für Leute, die da angekommen sind, und was machen die hier?"

„Sie sind Aussteiger."

„Das hast du schon gesagt. Aber was meinst du damit?"

„Sie kommen mit einem Boot und steigen aus."

War das sein Ernst? „Schon klar. Und wo sind sie jetzt?"

„Sie richten sich ein", sagte er vage, er wechselte wieder das Thema, „komm, ich zeig dir meine Werkstatt."

In der Messerschmiede zeigte er ihr den Stahl und die Werkzeuge und erklärte seine Arbeit. Maren hörte mit halbem Ohr zu, sie fragte halbherzig: „Werden auf der Insel so viele Messer gebraucht?" Er schüttelte den Kopf. „Sicher nicht. Teuer sind sie auch. Aber was meinst du, wie viele Menschen im Sommer ein Mitbringsel für daheim suchen." Ja, ein Messer war etwas, das man benutzen konnte. Er gab ihr eins in die Hand, es hatte Gewicht und war doch leicht, elegant, sie strich mit dem Finger über das polierte Heft, das aus einem warmen, blassen Material gemacht war. „Das ist Knochen", sagte er. Fast ließ sie es fallen. „Nicht doch. Knochen vom Strand, findet man oft, Schlachtabfälle. Das Meer macht noch aus jedem weggeschmissenen Dreck etwas Kostbares." Er war ein Sammler. Der Gedanke schwamm weg. Sie spürte auf einmal einen Druck in ihrer Hosentasche. Da war ihr eigenes Taschenmesser, sie hatte es immer dabei, es war ein Scherchen dran und eine kleine Säge, es war ihr Glücksbringer, man wusste nie. „Ayko", sagte Maren, „danke für das Frühstück. Ich will jetzt arbeiten."

Irgendetwas mit der Zeit stimmte nicht. Wieviel Stunden waren seit Sonnenaufgang vergangen? Sie musste den Kopf frei bekommen, sie hängte ihre feuchten Sachen auf, duschte heiß, zog einen Wollpullover direkt auf die Haut, sein Kratzen erinnerte sie an die Gegenwart. Es war noch hell, aber das Licht draußen hatte sich schon ins Bläuliche gedreht. Maren schlug den Hoffmann auf. Sie las erneut, wie Elis Fröbom sich von diesem alten Bergmann, einem Trugbild, verführen ließ. Sie las von Elis' Traum, in dem das Meer fest war, durchsichtig und funkelnd, eine Masse, schrieb Hoffmann, auf der Elis stand wie auf Kristall, und das Schiff zerfloss unter seinen Füßen. In dieser Erzählung, in der das Feste sich verflüssigte und das Flüssige fest wurde, konnte auch der Himmel nicht bleiben, was er war. Er wurde ein steinernes Gewölbe, schwarz flimmernd. Maren stellte sich Obsidian vor. Obsidianbrocken hatte sie einmal auf einer Hochebene liegen sehen, in einem fernen Gebirge, sie hatte die Hand ausgestreckt und dann doch keinen aufgehoben. Sie war keine Sammlerin. Und sie würde sich nicht von Hoffmann in diesen Wechsel der Aggregatzustände hineinsteigern lassen, diesen ganzen alchimistischen Zinnober, mit dem er seine Figur, seinen Protagonisten ins Verderben zog. Es war Hoffmann, der Elis am Tag seiner Hochzeit ins Bergwerk laufen ließ, getrieben von Begier nach einer phantasierten Königin. Hoffmann machte, dass Elis verschütt ging, Gestein ihn begrub und er in giftigem Vitriolwasser über Jahrzehnte konserviert wurde. Er machte aus Elis, dem Seemann, einen steinernen Jüngling. Und nachdem man Elis eines fernen Tages aus dem Berg geborgen hatte, kam eine steinalte Frau gegangen, das war seine ehedem schöne Braut. Sie warf sich auf Elis und starb. Sein Körper zerging zu Staub.

Maren verstand das so: Es durfte keine glückliche Liebe aufkommen, wo der Mensch sich Berge und Meere untertan gemacht und bald komplett zerstört hatte.

Aus diesem unerträglichen Grund also verband Hoffmanns Erzählung Sexualität und Tod so tief. Das war ein Ergebnis, das konnte sie schreiben, es war aktuell genug für den Beginn des dritten Jahrtausends. Ein Schriftsteller des vorvorigen Jahrhunderts beschrieb die Anthroposphäre in allen Einzelheiten und zeigte, wie die Menschen ihre natürliche Umwelt ebenso verfehlten und zerstörten wie ihre eigene Biologie, ihre eigene Biografie. Das konnte sie absolut nachvollziehbar zeigen.

Wie langweilig. Es widerte sie an.

An diesem Abend saß Maren bei den „Onerbäänken" lange allein auf ihrem Platz, tatsächlich, sie dachte schon: mein Platz, und kritzelte in ihr Notizbuch. Beim dritten Glas blieb die Wirtin stehen und duzte sie und fragte, wie sie den Tag verbracht hätte. Maren erzählte, dass jener Gast von gestern, also dass Ayko mit ihr um die Inselspitze gegangen sei und ihr später seine Werkstatt gezeigt habe. Da sah die Wirtin sie scharf an und sprach: „Sieh dich vor, der kann dich in was reinziehen, aus dem du nicht leicht herauskommst." Und als Maren nachfragte, gerade da rief jemand von einem anderen Tisch nach der Wirtin. Maren schaute einen Augenblick ins Leere, dann kritzelte sie weiter. In etwas hineinzuziehen, pah! Wenn ihr Leben so weiterging, würde sie sich zu Tode langweilen. Das war schließlich ebenfalls ein Risiko.

In dieser Nacht träumte Maren nichts, aber im Aufwachen dachte sie: den Dingen auf den Grund gehen. Oh, schon wieder so eine Meeres- und Höhlenmetapher. Sie putzte sich die Zähne, frühstückte und putzte sich die Zähne zum zweiten Mal. Das tat sie sonst nur, wenn sie sich auf einen wichtigen Tag vorbereitete. Wann hatte es zuletzt einen wichtigen Tag gegeben? Heute ging sie direkt zu Aykos Werkstatt. Sie sah ihn von draußen an seiner Werkbank stehen und eine Klinge polieren. Er blickte auf, legte das Werkstück hin und öffnete. „Willst du mir bei der Arbeit zusehen?"

„Ein bisschen."

„Gut." Aber er merkte, dass sie auf Gespräch aus war, er nahm das Stück zwar hoch, doch nur, um es sorgfältig auf dem dafür bestimmten Platz abzulegen. „Und was willst du wirklich?"

„Was waren das für Leute gestern, sag nicht wieder: Aussteiger."

„Aber genau das sind sie. Sie kommen her, um an einem Ort zu leben und zu arbeiten, der ihnen besser gefällt als die vollen Städte, in denen sie bislang ihre Arbeit verrichteten."

„Und wieso habe ich noch nie jemanden von ihnen im Dorf gesehen?"

„Sie gehen selten raus. Viele kommen mit einer ausgewachsenen Depression hier an, voller Lebensüberdruss." Ayko sah ihr direkt in die Augen. Sie ging nicht darauf ein, sie fragte: „Und wie überwinden sie ihn?"

„Sie arbeiten. Letztlich geht es um sinnerfüllte Arbeit im", er zögerte, „im alternativen Bereich."

„Was soll das denn sein?"

„Handarbeit. Zum Beispiel stellen sie hochwertige biologische Kosmetik her, mit Naturprodukten aus dem Meer."

„Klingt nicht nach vom Meer geschliffenem Müll."

„Das ist es auch nicht. Solche Stücke verwende ich. Man muss sie suchen und die Funde intelligent einsetzen. So entsteht Qualität. Aber Schlick und Algen haben wir hier im Überfluss, das ist Quantität, das kannst du mir glauben."

„Warum hört und sieht man nichts von den Leuten? Irgendwo müssen sie doch auch einkaufen und wohnen."

„Wohnraum ist knapp auf der Insel."

„Eben."

Er schwieg, dann sagte er: „Du gibst keine Ruhe, was?"

Maren schüttelte den Kopf.

„Sie leben im Tiefgeschoss."

„Wie die Onerbäänken?"

„Was weißt du von den Onerbäänken?"

Sie zuckte die Schultern.

„Du weißt nichts."

„Nein. Ich möchte nur sehen, wie deine alternativen Aussteiger leben."

Jetzt lächelte er. „Gern, da gehen wir hin."

Du nimmst dir Zeit, dachte Maren, auch gestern hast du dir Zeit genommen. Sie sagte: „Musst du nicht mit deinen Messern weitermachen?"

„Ach", er nahm ein hübsches Messer aus dem Regal und ließ es aufspringen, „ich habe Vorrat." Er betätigte einen kleinen Mechanismus, klappte es wieder zu und steckte es ein. Vielleicht war es ja sein Glücksbringer. Vielleicht war er doch Jäger.

„Gehen wir", er wandte sich in den Flur zwischen Werkstatt und Wohnung, dort ging seitlich eine weitere Tür ab. „Kommst du?" Er schloss die Tür auf und hinter sich wieder zu. Sie standen in einem Gang, der grob ausgemauert war, aber von LED-Panels beleuchtet. Ayko ging voraus, hinein in den Hang. Maren hatte nicht gedacht, dass es im Untergrund einer Insel, die kaum über den Meeresspiegel hinausragte, solch einen soliden und nicht einmal niedrigen Gang geben konnte. Schließlich ging es sogar leicht aufwärts, sie langten in einem Gewölbe an, das künstlich beleuchtet war und zusätzlich eine Art Dachfenster hatte. Was draußen war, konnte Maren nicht recht erkennen, ein Hof vielleicht. Das Licht war bläulich und weiß.

Von den Menschen, die in diesem Licht arbeiteten, trennte sie eine Glaswand.

Maren sah Arbeitstische und helle Overalls. Ayko sagte: „Tritt näher, sie lassen sich nicht ablenken." Maren wusste nicht, ob sie das tun sollte, aber dann machte sie einen Schritt. Hinter den Arbeitstischen sah sie Regale, in denen große Glasflaschen mit verschiedenen Substanzen standen, lateinisch beschriftet, mehrmals entzifferte sie das Wort „Alga". An einem Tisch nahe der Glaswand mischte eine Frau ein dunkles Pulver mit einer wasserhellen Flüssigkeit, und eine milchweiße Creme entstand. Die Frau entnahm eine Probe, gab sie in ein Messgerät, sie schaute durch die Augen eines Mikroskops, sie rührte weiter, sie prüfte erneut, schließlich reichte sie den Topf zum nächsten Tisch, wo eine andere Frau kleine Mengen auswog und in Tiegel abfüllte. Am wiederum nächsten Tisch wurden sie verschlossen und etikettiert, schließlich in Kartons gepackt, die auf ein träge laufendes Förderband gelegt wurden. Es waren mehr Frauen als Männer, die hier arbeiteten.

Maren schaute nach oben, ein Schatten glitt über das Dachfenster. War das ein Lastwagen?

„Warum wirken sie so abwesend?"

„Sie konzentrieren sich, sie sind glücklich, im Flow."

Maren ließ es sein, sie fragte nur: „Und was hast du damit zu tun?"

„Ich stelle einen Raum zur Verfügung, der lange leer

stand."

„Wieso hast du so viel Raum in der Erde?"

Er lachte. „Denkst du, ich bin ein Onerbäänke? So was glauben nur Touristen. Früher wurden hier Vorräte gelagert, heute haben alle einen Kühlschrank. Aber es ist sommers wie winters gleichbleibend kühl, nie unter null. Ideal, um empfindliche Cremes herzustellen. Und da es so nah an meiner Werkstatt war, habe ich die Keller dazugekauft und an den Hersteller vermietet."

„Und was hast du davon?"

„Die Miete, Geld, das regelmäßig eintrifft."

Wenn das mal alles war. Maren fragte: „Und die Leute?"

Er zuckte die Achseln. „Sie wohnen auch hier, in beheizten Räumen natürlich. Sie ernähren sich biologisch, sie kommen und gehen, wie sie wollen."

„Wollen sie? Man sieht sie nirgendwo."

„Ich bin nicht ihr Aufpasser. Wenn sie nicht raus wollen, müssen sie nicht."

„Alle wollen mal raus, sie erst recht, warum wären sie sonst ausgestiegen?"

„Sie", er betonte es, „sie wollen erst einmal ausruhen von dem Leben in der Stadt. Hier ist Ruhe, Gelassenheit. Eins sein mit sich selbst. Das ist der erste Schritt zum Weltfrieden."

Sie ignorierte das. „Und wer ist ihr Arbeitgeber?"

„Ein Unternehmen vom Festland. Glaubst du etwa, ich würde etwas Illegales unterstützen?" Er stand nahe bei Maren.

„Möglich", antwortete sie, „sieh sie dir doch an. Von wegen Einssein, die haben doch was genommen, deshalb sind sie so entrückt."

„Das ist normal, depressiv, wie sie hier ankommen."

„Bei Depressionen kann man eine Therapie machen."

„Arbeit ist die beste Therapie. Und wir haben hier gute Wellnessangebote, sogar Floating-Tanks."

Huh. Die kannte sie, die hatten Deckel, Maren hatte nie verstanden, wie man sich in so einem Tank entspannen sollte. Ihr wurde bewusst, wie sich ihre Finger um das Taschenmesser in ihrer Hosentasche schlossen. Es war auch ein Tool daran, mit dem sie schon Schlösser aufgefummelt hatte, als sie einmal ihre Schlüssel verloren hatte. „Dachtest du etwa, ich würde auch gern hier arbeiten?"

„Überdruss genug hast du." Er sah ihr in die Augen.

„Und da mach ich Fließbandarbeit!"

„Ich", er betonte das, „ich arbeite selbstbestimmt. Ich kann das eben. Der Literaturgeschichte muss man sich natürlich auch selbstbestimmt nähern. Wenn man kann."

„Das reicht jetzt", antwortete Maren.

Er sagte: „Vorgestern Abend warst du ganz weich und willig", und legte seine Hand um ihren Oberarm.

Nein, dachte sie und trat beiseite, so dass die Hand abrutschte. „Und gestern hab ich Menschen aussteigen und hier in den Untergrund gehen sehen." Sie drehte sich weg und trat zurück in den Gang, durch den sie hereingekommen waren. Er kam langsam hinterher. Als sie an der verschlossenen Tür war, musste sie auf ihn warten. Sie konnte sich manches vorstellen. Ihr Herz schlug fest.

„Etwas zu produzieren kann sehr befriedigend sein", sagte Ayko und kam dicht heran.

„Gut, dass du so ein befriedigendes Handwerk gefunden hast", antwortete Maren. „Aber sie sind ja wohl gescheitert mit ihrem Ausstieg."

„Auch unsere Kosmetikprodukte werden handwerklich hergestellt."

„Ja." Ihr Magen flatterte. „Mach jetzt die Tür auf."

Er schloss auf. „Glaubst du etwa, ich sperre dich ein? Du überschätzt den Wert deiner Arbeitskraft."

„In meinem Sachgebiet ist sie gefragt. Ich verstehe die literarischen Figuren", sagte Maren, „und wenn ich davon wegwill, dann weil ich mehr mit wirklichen Menschen zu tun haben möchte." Das war die Wahrheit, dachte sie erstaunt.

Ayko schloss die Tür auf. „Ja", sagte er, „du bist schlauer als andere Aussteiger."

„So schätzt du mich ein, als Aussteigerin?"

„Und ich habe recht. Du bist nur noch etwas spröde."

Wollte er etwa flirten? „Mach es gut." Sie ging.

Bewegung, ja, Bewegung! Maren wanderte am Watt entlang bis in das andere Dorf. Die kleine Kirche sah man von weitem, vom Friedhof umgeben. Ein Tor mit einem hüfthohem Kreisel aus rostigem Eisen darin, man wand sich von draußen hinein und von drinnen heraus. Oder umgekehrt, es war eine Drehtür zum Jenseits und zurück. Linkerhand lagen und standen historische Grabsteine. Viele waren völlig von Text bedeckt, und aus der Nähe sah Maren, dass sie zwar in altertümlicher Schrift, aber in deutscher Sprache beschriftet waren, obwohl auf der Insel immer Friesen gelebt hatten und die Herrschaft meistens dänisch gewesen war. Es waren regelrechte Lebenserzählungen, dazu flache Reliefs, die Schiffe auf hoher See zeigten und ganze Familien, an der Vaterhand die Jungen, an der Mutterhand die Mädchen. Die Männer waren auf Walfängern gefahren oder mit Handelsschiffen. Manche waren bis ins Mittelmeer gelangt, einige gefangen und versklavt worden, aber mit List wieder zurückgekehrt, reich und glücklich sogar. Schütteten sie ihren Frauen dann Gold und Geld in den Schoß? Wo waren die Grabsteine der Verschollenen, der Ertrunkenen und der Versager? Und wo waren die Geschichten der Frauen? Maren las ihre Namen, doch ihre Lebensgeschichten fehlten. Man konnte sich denken, dass sie die Landwirtschaft betrieben, sich um die Kinder und Tiere gekümmert hatten. Doch davon stand nichts auf den Steinen, offenbar war das selbstverständlich gewesen. War das ihr ganzes Leben? Und wenn ja, war das wenig oder war es viel?

Maren wanderte über den Geesthügel zurück. Von hier aus hatte sie weiten Blick über Felder und Watt. Die Luft war immer noch kalt, aber weniger schneidend als an den anderen Tagen. Täuschte sie sich, oder kam der Wind inzwischen von Westen? Wolken zogen auf und weiter zum Festland. Würde es Schnee geben? Das Messer in der Hosentasche schlug fest gegen ihr Bein, die Haut war kalt und prickelte. Über ihrer Studie, wenn sie sie fertigbekam, würden zwei Namen stehen, und ihr eigener wäre der zweite. Die Dekanin arbeitete seit Jahren an einem großangelegten Romantikprojekt. Ihr Name kam zuerst. Maren ging schneller. Was sollte werden? Sie schob die Hand in die Hosentasche. Manchmal half ein Zauberding durch seine bloße Anwesenheit. Das gab es auch in der Literatur.

An diesem Abend ging Maren zeitig zu den „Onerbäänken". Nur ein großer Ecktisch war besetzt. Am Tisch saßen Frauen und tranken Bier. Die Wirtin stand dabei und redete friesisch mit ihnen. Maren setzte sich still an den Tresen. Als die Wirtin kam, bestellte sie Bratkartoffeln und Spiegelei.

„Sanddornpunsch?"

„Nein", Maren schaute zu den Frauen, „ich nehm auch so eins."

„Dauert aber einen Moment."

„Weiß ich. Hab ich schon mal gemacht, Bier zapfen und so."

„Ach so", sagte die Wirtin.

Die Frauen am Ecktisch redeten laut und durcheinander. Maren ließ den Tag vor ihrem inneren Auge ablaufen. Sie dachte an ihr Gespräch mit Ayko, an die entrückt vor sich hin arbeitenden Aussteigerinnen, zuletzt an die historischen Grabsteine. Die Wirtin stand schon wieder am Ecktisch, sie schien Zeit zu haben. Sie schaute zu Maren, und die Frauen folgten ihrem Blick. Dann war das Bier soweit, die Wirtin behielt es in der Hand, als sie vor Maren stand, sie sagte: „Willst du dich zu uns setzen? Heute kommt niemand mehr, und ich sitz eigentlich auch mit am Tisch."

„Meinst du denn, das ist okay?"

„Würde ich dich sonst einladen? Aber nett, dass du fragst."

Die Frauen rutschten herum, ein Platz wurde frei, „Maren", sagte Maren, sie sagte guten Abend, die anderen sagten hallo und nicht god dai. Ihre Namen flossen in Marens Ohren: Imke, Fennike, Anneke, Jannike, Frauke, Inse, die Wirtin hieß Suna. Maren versuchte, sich die Namen zu merken. Jetzt sprachen alle deutsch. Die Inselleute, hatte sie mitbekommen, sprachen eigentlich immer deutsch, wenn Fremde zugegen waren. Vielleicht war Friesisch ja eine Geheimsprache. Vielleicht konnte sie es lernen. Suna ging in die Küche. Die Frauen redeten über einen Termin in der Turnhalle, eine Probe, die sie planten. Maren trank ihr Bier, hörte zu und hätte beinahe wieder zu grübeln angefangen. Da fragte eine der Frauen, Imke, das war Imke, also Imke fragte, was sie allein auf der Insel wollte, mitten im Januar. Ohne nachzudenken sagte Maren: „Ich überlege mir, wie ich weitermache in meinem Leben."

„Und da willst du bei Ayko einsteigen?"

„Auf keinen Fall", antwortete Maren sofort, „wie kommst du darauf?"

„Wir haben dich mit ihm gesehen."

„Er hat mir den Weg um die Nordspitze gezeigt", Maren zögerte, „und seine Werkstatt."

„Und die Kosmetikproduktion." Es klang spöttisch.

„Stimmt."

„Aber du willst nicht mitmachen?"

„Da könnte ich genauso gut in meinem Job bleiben. Den hab ich wenigstens gelernt."

„Und?"

„Er passt mir nicht mehr. Mein Job."

„Warum?"

„Weil ich dabei immer mit erfundenen Menschen zu tun habe."

Die Frauen lachten. Maren sah Suna mit ihrem Abendbrot kommen. „Lasst sie mal essen." Die Frauen lachten weiter. Maren war verunsichert. Wie hatten fremde Frauen so schnell ihren wunden Punkt treffen können? Gut, bei so viel Leuten, wie hier Urlaub machten, sicher lernte man da die Menschen kennen. Sie aß den Teller ab. Suna brachte noch eine Runde Bier. Die Frauen stießen miteinander an, auch Maren. Sie atmete tief, dann fragte sie laut: „Und ihr? Seid ihr die Frauengruppe der Insel?" Die Frauen lachten wieder. „Der Frauenstammtisch. Wir sind die Trachtengruppe."

„Ach so, die Trachtengruppe ist eine Frauengruppe."

„Und eine Tanzgruppe."

„Und die ist eine Frauengruppe?"

„Klar. Früher, als die Männer noch auf Walfang fuhren, waren die Frauen von Ende Februar bis zu Winterbeginn allein mit allem. Mit den Kindern und der Landwirtschaft. Mit dem Meer und dem Mond. Allein mit der Zeit. Und miteinander. Sie tanzten miteinander. Bis heute tanzen hier nur die Frauen."

So war das also. Und dann fingen sie erst richtig an zu erzählen, von ihrem Leben, den Ferienwohnungen, die sie vermieteten, den Kindern, die auf dem Festland Abitur machten oder gleich in Dänemark. Es ging hin und her, zuletzt kam Maren neben Suna zu sitzen. Als sie noch ein Bier wollte, sagte Suna: „Kannst es dir selber zapfen, willst du? Und mach mir auch eins." Maren nickte. Als sie wieder saß, prostete Suna ihr zu. „Du kannst es noch."

Später fragte Maren sie: „Sag mal, die Aussteiger, ich hab die gesehen. Sind die irgendwie auf Droge?"

„Kann sein, kann nicht sein. Ich glaube, sie kommen alle aus dem gleichen Therapiezentrum. In mein Lokal kommen sie nicht. Sie reden wenig mit den Leuten. Wenn man sie überhaupt mal sieht."

„Sind die freiwillig hier?"

„Jedenfalls hab ich schon welche abreisen sehen. Dann nehmen sie die normale Fähre."

„Fragt ihr euch nicht, ob da alles mit rechten Dingen zugeht?"

„Ja, manches ist eben unterirdisch." Suna lachte. „Aber das ist eine Insel, hat Imke dir doch gesagt. Du musst das ganze Jahr mit allen klarkommen. Sich einmischen, das macht man hier nicht."

„Das verstehe ich."

Suna schwieg, als dächte sie über Marens Antwort nach. Vielleicht tat sie das auch. Als der Abend zu Ende ging und die Frauen, die endlich den passenden Termin gefunden hatten, sich verabschiedeten, hielt Suna Maren am Ärmel zurück. „Wart einen Augenblick."

Als alle draußen waren, fragte sie: „Du hast gesagt, du überlegst, wie du weitermachen willst. Du weißt es schon, oder?"

„Ja. Ich werde kündigen. Mein Job ist sowieso befristet, kann sein, ich komm eher raus."

„Ach so", sagte die Wirtin, wie sie schon am Beginn des Abends gesagt hatte, und musterte sie. „Wie lange bist du noch hier, zehn Tage?" Maren nickte. „Mir hat eine Saisonkraft abgesagt. Jetzt, wo wenig los ist… Willst du ein paar Tage bei mir probearbeiten? Wenn wir miteinander klarkommen, kannst du ab Ostern voll anfangen. Ist aber Stress im Sommer." Maren nickte. „Kannst du die paar Tage noch in der Ferienwohnung bleiben?" Maren nickte wieder. „Gut. Und wenn wir uns einig werden, haben wir ein Zimmer für Saisonkräfte, da kannst du erst mal einziehen." Die Wirtin hielt Maren die Hand hin. Maren schlug ein, ohne nachzudenken.

Draußen schneite es jetzt wirklich. Maren schlief so gut wie lange nicht. Gegen Morgen träumte sie von Frauen, die in wirbelnden Röcken tanzten. Sie stand in der Nähe und sah zu. Der Himmel war azurblau. Sie wachte auf. Sicher konnte sie nicht so einfach dazugehören. Aber das war egal, das würde sie schon irgendwie sublimieren.

Also schrieb Maren ihre Kündigung und schickte sie vorab per Mail. Sie dachte nicht mehr darüber nach, zu warten, bis die Befristung ihrer Stelle sowieso endete. Sie war sicher, das Richtige zu tun, obwohl ihr Herz bis zum Hals schlug bei dem Gedanken, wie sie demnächst ihre

Wohnung bezahlen würde. Jetzt probierte sie es erst einmal bei Suna, wer weiß, ob sie die Wohnung in der Stadt dann noch brauchte. Sicher, es konnte Ärger bei der Auflösung des Arbeitsverhältnisses geben, und wahrscheinlich wäre die Dekanin erbost, dass Maren die Studie nicht lieferte. Aber das würde vorübergehen. Und was ging Maren das großangelegte Romantikprojekt ihrer alten Chefin an?

So geschah alles wie am Abend zuvor besprochen.

Als der April zu Ende ging und die Insel von Tausenden durchziehender Ringelgänse und Dutzenden von Vogelbeobachtern bevölkert war, kam eines Abends spät Ayko in die „Onerbäänken", stellte sich an den Tresen und rauchte. „Bier?", fragte Maren, er nickte. Als sie es ihm hinstellte, sagte er: „Nun bist du also doch ausgestiegen." Sie schüttelte den Kopf.

„Eher eingestiegen. Aussteigen geht nicht. Überall sind Menschen."

„Die Anthroposphäre?"

„Ja."

„Warum hier?"

„Häufig neue Leute, immer neue Geschichten, keine Langeweile. Entschuldige." Sie nahm das volle Getränketablett.

Als sie das übernächste Bier brachte, hatte sich das Lokal schon halb geleert. „Und", fragte Ayko, „was ist aus E.T.A. Hoffmann geworden?"

„Den hab ich ins Buchtauschregal in der Touristik-Information gebracht."

„Leben ohne Buch?"

„O nein", sagte Maren, „meine anderen Bücher hab ich hergeholt. Die habe ich in langen Jahren zusammengetragen, von denen trenne ich mich nicht."

„Ich bin auch Sammler, erinnerst du dich?", sagte Ayko, „komm mich doch mal wieder besuchen."

„Vielleicht", antwortete sie und dachte: kaum. Aber so etwas sagte man sich auf einer Insel nicht so hart ins Gesicht.

Aykos Augen waren sogar noch blauer als im Winter, als sie ihn zum ersten Mal gesehen hatte. Im Winter war alles blau, weiß und sandgelb gewesen. Und jetzt war Frühling, und es gab noch viel mehr Farben. Hier oben auf der Erde.

Als Tau auf mich fiel

... „so du heute Vormittag kommst und mich abbrichst, werde ich erlöst und fürder bei dir bleiben"; als dann auch geschah.

Brüder Grimm, Rätselmärchen

Einmal lebte ich im Garten eines alten Hauses im Südwesten der Stadt. Im Haus wohnten drei Freundinnen, die hatten einander lieb. Groß war das Haus nicht, aber luftig und hell. Für eine Künstlerinnen-WG zu dritt war es wie geschaffen.

Das Atelier der ersten, Corinna, lag eine Treppe überm Eingang, es war fast so hoch wie eine kleine Kirche, und durch die Fenster fiel das Licht im immer rechten Maß. Dort stand sie und malte tags mit raschen Strichen auf die Leinwand, was nachts an Bildern, Träumen und Albträumen ihr durch den Kopf gegangen war.

Die zweite, Angelika, schaffte in der Werkstatt zur ebenen Erde. Das Fenster öffnete sich zum Kräutergarten hinaus. In dem wild durcheinander treibenden Gestrüpp von Rosmarin und Thymian, in Salbeiblättchen und Basilikumblüten sah sie die Muster, die sie als Druckerin in ein Gespinst aus tausenderlei Grau verwandelte. Angelika wusste auch, wie die Pflanzen wirkten, wenn man aus ihnen Tees und Tinkturen herstellte. Sie verstand sofort, wie es um mich stand, als sie mich zum ersten Mal im Garten sah. Und sie flüsterte mir zu: „Wenn die Stunde kommt, habe ich ein Kräutlein für dich bereit."

Viola, die dritte, arbeitete oben in der Mansarde. Sie schrieb mit einer Maschine, die so viel Elektronen in sich trug, dass man damit in das Weltennetz hinausschauen konnte. Nachts lag sie auf der harten Matratze und lauschte einer Stimme, die nach der verlorenen Zeit suchte.

Doch gab es auch andere Nächte. Denn im Souterrain befand sich die Küche des Hauses, in der die Freundinnen sich trafen. Sie hatte eine Speisekammer, von der eine Extrastiege nach oben führte, und sie hatte eine Tür in den Garten hinaus. Der war an dieser Stelle bis auf das Niveau der Küche abgegraben. So war ein geschützter Platz entstanden, auf dem ein großer Tisch stand, umgeben von Stühlen und Bänken. Vor den Blicken Fremder geschützt saßen die Freundinnen hier gern und waren manchmal mit Besuch, immer mit ein paar Gläsern Wein, Lust und Liebe beieinander.

Oft saß ich im Apfelbaum oder im Holunder und lauschte ihren Gesprächen. Und in meiner Einsamkeit sehnte ich mich, ihnen von mir zu erzählen.

Das Haus war alt und hatte viele Macken, denen die Frauen mit Humor begegneten, denn Geld war knapp im Haushalt. Eines Tages jedoch duldeten die aufgelaufenen Reparaturen keinen Aufschub mehr. Vor allem die Leitungen für die Heizung mussten erneuert werden, und man konnte von Glück sagen, dass sie nicht tief im Putz steckten, sondern offen zutage lagen. Drei Handwerker kamen ins Haus, Karsten, der Meister, Lars und Boris.

Karsten war ein Zauberer. Die böse Stunde, in der ich ihm begegnet war, lag nun schon fast sieben Jahre zurück.

Die Handwerker ließen das Wasser ab, das in der Heizung zirkulierte, und begannen die Leitungen von den Wänden zu lösen. Das machte eine Menge Dreck und Lärm. Darum ging Corinna, die Malerin, hinaus in den Garten, um unter freiem Himmel zu arbeiten. Viola oben in ihrer Mansarde zog sich Kopfhörer über die Ohren. Die Musik ging direkt ins Gehirn und brachte ihre Aufmerksamkeit ins Schweben. Angelika führte des Nachts, wenn es still im Haus war, die Nadel über ihre Zinkplatten, und am Morgen druckte sie mit der schweren Presse. Kamen die Handwerker in ihre Werkstatt und verbreiteten Lärm und Schmutz, deckte sie Grafikschrank und Presse mit alten Wachstuchdecken ab und hüllte die Druckplatten in Papier. Sie legte sich draußen in die Hängematte und schlief. Das Abendessen mit den beiden Freundinnen war ihr Frühstück, und wieder ging sie arbeiten, bis der Morgen kam.

Auch in diesem Jahr war der Sommer heiß. Bisweilen legte Corinna am Abend ihre Arme um die Schultern der beiden anderen, die rechts und links von ihr am Tisch saßen, und küsste sie auf Hals und Mund. Ich hörte sie sagen, dass es von irgendwo her nach Meersalz und Oliven röche, dass die Haut nach Wein schmeckte und nach den Pfirsichen, die eben reif waren. Die Frauen schoben die Bänke zueinander, banden ihnen die Beine zusammen, damit sie nicht verrutschten, und legten sich auf die Decken, denn es kühlte kaum ab. Die Nachtluft war Zudecke genug. Sie schlangen die verschwitzen Glieder umeinander und seufzten vor Wohlempfinden. Entdeckten die Liebenden am Morgen Mückenstiche auf der Haut, sagten sie nur: „Gut so, unsere Singvögel brauchen Insekten, um ihre Jungen zu füttern."

Dafür war ich dankbar, denn ich sorgte gemeinsam mit den Vögeln des Gartens für die Kleinen.

Der Juli ging dahin, und eines Morgens verschliefen

die Frauen draußen im Garten. Erst als die Handwerker an der Tür klingelten und im selben Augenblick ein Blitz zuckte, ein Donner rollte, ein Regenguss vom Himmel brach, wachten sie auf und griffen ihre Kleider. Verschlafen und halb bedeckt, wie sie waren, verschwanden zwei von ihnen im Badezimmer, während Viola die Tür öffnete und die Handwerker hereinließ. Die Männer sahen hin und begriffen, dass ihre Auftraggeberinnen mehr waren als Freundinnen. Lars warf trotzdem ein Auge auf Viola, die in seinem Alter war, ein wenig über die Vierzig hinaus, weswegen sie erfahren und jugendlich zugleich wirkte. Dem Meister, Karsten, hatte das einträchtige Zusammenleben der Frauen von Anfang an missfallen. Deshalb tat er, als sie gerade nicht hinsahen, ein paar Tropfen Zwietracht in die Kanne, aus der sie sich alle bedienten. Die müden Frauen bemerkten es nicht, denn während sie sonst am Morgen Tee tranken, um langsam in der Wirklichkeit anzulangen, stürzten sie heute Kaffee hinunter, um schnell wach zu werden.

Das sah ich, als ich am Fenster Schutz suchte vor dem Regen. Ich sah auch, dass Boris es sah, und er schwieg. Dann war der Regen vorbei.

Tags drauf konnten die Handwerker beginnen, die neuen Heizungsrohre einzubauen. So war also mehr als die Hälfte der Arbeit getan, der schlimmste Lärm und Staub vorbei. Viola sprach: „Heute koche ich für alle, dann können wir auf den Fortgang der Arbeit anstoßen und ein bisschen feiern." So geschah es. Sie warf Gemüse und Nudeln in den großen Topf, obendrauf kamen Olivenöl und Kräuter. Corinna buk Brot, Angelika brachte Teller und Gläser und öffnete den Wein. Und wie sie aßen und tranken, fragte Karsten nach Männerart: „Na, meine Hübschen, fehlt euch nicht manchmal ein Mann

im Haus?", und Lars setzte fort: „… der Hand anlegt?"
Corinna, die sich den Abend nicht verderben lassen
wollte, antwortete: „Ach, wir mögen nicht, was Heim-
werker zurechtpfuschen, und wenn wir auch keine golde-
nen Berge verdienen, reicht es doch, dass wir geschickte
Fachleute wie euch beauftragen können." Da legte Lars
Viola anzüglich die Hand auf den Arm und meinte,
Pfusch sei sicher nicht seine Sache, er würde stets alles so
genau ineinanderpassen, wie es sich gehörte. Viola nahm
die fremde Hand hoch und legte sie sacht, aber bestimmt
auf den Tisch. „Was", fragte er scheinheilig, „magst du
mich nicht?" Corinna sprach: „Wir haben euch für die
Heizung gerufen, nicht fürs Herz."

„Was ladet ihr uns dann zum Essen ein?"

„Weil ihr bis hierher gut gearbeitet habt", antwortete
Viola. Karsten sagte aber: „Wir haben auch noch andre
Qualitäten", und wieder musste Lars etwas hinzusetzen:
„Und zwar ganz schön große."

Boris schwieg.

Angelika sagte fest: „Ich mache euch einen Kaffee,
den trinkt ihr für euren Heimweg." Im Aufstehen hörte
sie, wie Karsten meinte, ob nicht ein kleiner Absacker
besser passte, und das Wortgeplänkel wurde schärfer, bis
Corinna schließlich laut sagte: „Schluss jetzt. Wir sind
nicht interessiert." Angelika hörte Karsten und Lars lachen, und sie sah, dass Boris seine Brauen hochzog.
Gleich darauf brachte sie den Kaffee herein, sie füllte
selbst die Tassen und achtete ahnungsvoll, dass niemand
etwas anderes hineintat als einen Löffel Zucker. Sie blieb
stehen, damit keine Gemütlichkeit aufkäme, schaute, ob
die Pflanzen genug Wasser hätten und füllte Wasser in
die Schale, aus der ich trank. Karsten sah es, er sah auch
mich. In seinen Augen blitzte Erkennen.

„Gute Nacht", sagte Corinna. Die Männer mussten sich verabschieden. Beim Aufräumen hing jede ihren Gedanken nach. Corinna sprach es aus: „Das hat keinen Sinn, mit solchen Männern zu freundlich zu sein. Die Arbeit ist bald getan, wir zahlen die Rechnung, fertig."

Viola fand, Männer seien nicht alle gleich. Boris zum Beispiel habe geschwiegen.

„Eben!", antwortete Corinna, „bloß der scheint dir ja zu gefallen."

„Mein Gott!", sagte Viola, „wahrscheinlich haben sie es nicht so gemeint. Musst du immer so empfindlich reagieren."

„Ich bin nicht empfindlich, ich bin realistisch. Man gibt ihnen den kleinen Finger, sie nehmen die ganze Hand und wollen Haut und Haar dazu." Fast wäre ihr dabei ein Teller aus der Hand geglitten, sie stellte ihn hart auf den Tisch. Erst jetzt sagte auch Angelika etwas: „Kommt, Frauen, so können wir nicht schlafen gehen. Lasst uns einen Augenblick draußen der Nacht lauschen." Sie setzten sich noch einmal. Fern rauschte die große Stadt.

Ich war wach und beobachtete sie vom Apfelbaum aus. Violas Stirn konnte ich ansehen, dass sie unkonzentriert war und an den schweigsamen Boris dachte. Vielleicht war auch er ein Zauberer. Und bald fiel Tau auf mein Gefieder.

Am nächsten Morgen standen die Handwerker pünktlich vor der Tür und begannen sofort, die kupferig glänzenden Heizungsrohre durchs Haus zu ziehen. Wo sie auftauchten, machten die Frauen ihnen Platz. Corinna stand wieder im Garten und malte, Angelika saß am Küchentisch und kritzelte in ihren Block. Nur Viola blieb stur vor ihrer Elektronenmaschine sitzen und wanderte müßig durch das Weltengewebe. Sie grübelte. Lars mit seinen begehrlichen, sogar aufdringlichen Blicken war es nicht, der ihr durch den Kopf ging, doch auch nicht Corinna mit den schönen Hüften.

An diesem Abend drehte Corinna den Schlüssel einmal mehr als sonst in der Tür und legte den Riegel vor. Wieder kam Gewitter auf, so dass die Frauen sich zum Abendbrot nicht hinaussetzen konnten. Sie blieben in der ein wenig engen Essecke in der Küche und redeten nicht viel. Eine Tasse mit kaltem Kaffee von vorgestern stand noch da, gedankenlos trank Viola daraus. Sie bemerkte, wie bitter er war, und fragte gereizt, wie lange die Tasse denn hier schon stünde. Später zeigten die Frauen einander die Arbeit des Tages, wie sie das oft taten, und auch da stieß Viola etwas auf, über das sie sonst gelächelt hatte. Denn in dem Bild, an dem Corinna gerade arbeitete, verbreitete sich ein grünes Licht, das durchsetzt war von feinen hellblauen und gelben Sprengseln. Viola hätte schwören mögen, dass Corinna das aus der Erzählung hatte, an der sie gerade schrieb. Sie fragte, ob Corinna an ihren Ausdrucken gewesen sei, denn das habe sie ihnen doch noch gar nicht vorgelesen! Als Corinna antwortete: „Aber ich bitte dich, das Licht war so an dem Tag, ganz genau so!", schüttelte Viola den Kopf und meinte, so sei das Licht nie, nie, sondern sie habe das erfunden. Angelika tat es weh, das zu hören. Sie legte die Arme um die Schultern der beiden, zog sie heran und sprach: „Wir sind uns nahe, da spüren wir oft das gleiche Bild im Herzen. Kommt, ich zeig es euch, das Licht sprenkelt und sprüht auch für mich." Angelika konnte Farben und Lichter sogar ohne bunte Pigmente einfangen, nur mit Schwarz und Grau und Weiß. Während Corinna sagte: „Du kannst doch am meisten von uns allen", meinte Viola: „Worte sind trotzdem ein anderes Ding."

Küsse gab es an diesem Abend keine. Sie zogen die Schultern fröstelnd hoch, als sie in ihre Zimmer gingen. Das sah ich von draußen. Angelika arbeitete verbissen die halbe Nacht und brachte nichts zustande, Corinna wälzte sich in Träumen, Viola legte ihr liebstes Hörbuch in die Maschine, schlief aber trotzdem nicht ein.

Am nächsten Morgen kippte die Teekanne vom Tisch und sprang entzwei, der Tee floss über den Boden. „Welche hat sie so dicht an den Rand gesetzt?", fragten sie einander. Keine wollte es gewesen sein. Schon klingelten die Handwerker, während sie noch Scherben aufhoben und die Flüssigkeit vom Boden wischten. Viola schnitt sich und fluchte, Angelika lief nach Pflaster, Corinna raunzte die Handwerker an, dass sie am Abend zuvor viel Schmutz auf den Treppen hatten liegen lassen, es gehöre doch dazu, nach der Arbeit aufzuräumen! „Stellt's uns in Rechnung, was ihr selbst putzen musstet", sprach Karsten. Er wusste, dass die Frauen sich mies fühlen würden, wenn er ihnen kleinliche Kontrollsucht unterstellte. So verging schon der zweite Tag ohne Harmonie. Während den Männern ihre Arbeit flott von der Hand ging und sie dabei Radio Hochburg hörten, dass es nur so schallte, arbeiteten die Frauen für den Papierkorb.

Ich war sehr beschäftigt an dem Tag und zeigte den Kleinen, wie man in die Luft steigt, sich fallen lässt und über dem Boden wieder fängt. Meine Stimme war heiser, doch im Fallen floss die Melodie wie immer.

Am späten Nachmittag hatte diesmal Boris in Violas Arbeitszimmer zu tun. Sie wurde aufmerksam, weil er das Metall fast zärtlich behandelte, jede Ansatzstelle säuberte und glättete, da begann sie ihn auszufragen über seine Arbeit, er gab Antwort, sie machte Notizen. Am Ende hatte sie das Gefühl, an diesem Tag doch etwas herausgearbeitet zu haben. Eine kleine Sympathie kam auf. Als Boris sich verabschiedete, griff er in seine Hosentasche und gab Viola einen Pieper. Sie müsse nur den Knopf drücken, er käme sofort. „Verfügst du etwa über Zauberkräfte?", fragte Viola ihn. Er schwieg.

In dieser Nacht stieg Lars die Stiege hinauf zu Violas Mansarde. Er war mit den anderen gegangen, an der Gartentür aber unter dem Vorwand umgedreht, ein Werkzeug zu holen, das er am Abend noch benötige. Dann hatte er gewartet, bis das Licht hinter den Fenstern der Frauen erlosch. Lars konnte überhaupt nicht zaubern, dass er in die Küche kam und die Stiege kannte, war kein Hexenwerk. Er war während des Heizungsbaus in alle Winkel des Hauses gelangt und wusste die Wege.

Als Viola wach wurde, stand Lars schon im Zimmer. Zuerst glaubte sie nicht, was sie erlebte. Schon hatte er die Finger an den Knöpfen ihres Schlafanzugs. Sie stieß ihn weg, er lachte, und als sie ihn anschrie, gelang es ihm mehrmals, ihr den Mund zuzuhalten. Lange Minuten des Kämpfens vergingen, ehe die Freundinnen wahrnahmen, dass in Violas Zimmer etwas vorging, und nach oben rannten. Viola hatte nun vom Bett aufspringen und Lars auf Abstand bringen können. Er wollte sie irr machen, indem er ausrief: „Nicht so stürmisch, junge Frau", und tat, als ob sie sich bloß zum Schein wehre. Das aber brachte Viola richtig in Rage, sie fühlte ihre Kraft und drängte ihn mit festen Armen in Richtung der offenen Tür zur Stiege hin. Dabei stützte sie sich instinktiv auf dem Tisch ab, wo Boris' Pieper lag, und löste ihn aus. So kam es, dass nun auch Boris zu Hilfe eilte. Zauber begann. Boris verwandelte sich in einen großen Vogel und flog. Die Frauen waren gerade dabei, Lars auf die Stiege hinauszuschieben, als Boris dazukam. Viola schrie: „Schnell, wir müssen die Tür unten verriegeln!" Boris hörte das, und sich in einen Menschen mit Händen zurückverwandeln und den Schlüssel herumdrehen war eins.

Lars tobte, konnte aber von der fensterlosen Stiege nicht entkommen. Rasch hatten die Frauen sich verständigt und die Polizei gerufen. Als sie eintraf und die Tür zur Stiege geöffnet wurde, grollte er: „Humorlose frigide Lesben." Eine Polizistin hielt ihm eine Ansprache und verbot ihm, sich dem Haus noch einmal zu nähern. Als einer ihrer Kollegen Lars hinausführte, wandte sie sich Boris zu und fragte ihn: „Und was ist Ihre Rolle dabei?" Man konnte sehen, dass er nach Worten suchte, doch die Frauen beeilten sich, zu versichern, er sei ein Freund des Hauses. Die Polizistin schaute ihm tief in die Augen und begnügte sich darauf damit, Namen und Adresse aufzunehmen. Sie wünschte allen eine ruhige Nacht, sie ging.

Nun waren sie hellwach. Sie setzten sich in die Küchenecke, Angelika aber stand am Herd und warf Kräuter in einen Wasserkessel. „Was für ein Tag!", sprach sie, als sie den dunklen Sud in Becher füllte, „der mit schlechter Stimmung begann, sich mit Misstrauen fortsetzte, und am Ende mussten wir die Polizei rufen." Alle tranken. Wie hatte es begonnen? Nach und nach fiel ihnen die Streitereien wieder ein, ihre Uneinigkeit an dem Abend, nachdem sie mit den Handwerkern gegessen hatten, der kalte Kaffee, die zerbrochene Teekanne, ihre Eifersucht, als sie einander die Lichter gezeigt hatten, das so gleichartige Flirren des Lichts in ihren Arbeiten und wie sie nicht hatten glauben wollen, dass wirklich jede selbst es gefunden hatte. Traurig sagte Viola: „Du hattest recht, Corinna, wir hätten sie nicht einladen dürfen." Boris überlegte jetzt ernsthaft, ob er nicht auch einmal etwas sagen sollte. Corinna war schneller. „So ganz recht hatte ich nicht. Wir hätten besser geschaut, wem wir vertrauen. Das ist alles." Boris stand auf. „Ich gehe jetzt. Morgen früh komme ich wieder und bringe die Arbeit zu Ende." Diesmal verschlossen sie auch die Küchentür sorgfältig.

Stille. Endlich konnte ich den Kopf unter den Flügel stecken.

Am Morgen erschien zuerst Karsten. Er kam nicht, um sich zu entschuldigen. Auf seiner Stirn stand eine tiefe Zornesfalte. Noch in der Nacht hatte er erfahren, was geschehen war und dass Boris sich gegen Lars gestellt hatte. Kurz angebunden teilte er mit, die Arbeiten seien fortgeschritten, Boris würde sie allein fertigstellen. Er habe eine neue Baustelle und käme nur noch einmal zur Abnahme der Arbeiten. Als Corinna nach Lars fragte, antwortete er, dem sei fristlos gekündigt.

Als Karsten den Garten verließ, den Garten, in den mich kein Zufall verschlagen hatte, bückte er sich, nahm einen Kieselstein und warf hart nach mir. Wäre ich nicht so schnell in die Höhe gesprungen, hätte er mich erschlagen.

Boris arbeitete, ohne aufzusehen. Erst gegen Abend kam Viola zu ihm, um sich für seine Solidarität zu bedanken, die ihm bestimmt keine Gegenliebe des Meisters eingetragen habe. Endlich redete er. Er sprach: „Bei Karsten mag ich nicht bleiben. Lars ist hier eingedrungen, und das war nur er. Aber Karstens Haltung hat ihn ermutigt."

„Und du hast ihnen nicht widersprochen", sagte Viola.

„Das stimmt. Ich warte zu oft, bis nur noch Zauber hilft."

„Was jetzt?"

„Ich habe eine Rücklage und werde meinen eigenen Betrieb aufmachen." Er sah Viola an, er atmete durch.

„Willst du nicht ab und an mit deiner Elektronenmaschine kommen, um mir bei der Buchhaltung zu helfen? Jetzt, wo ihr so eine große Rechnung zu zahlen habt, kannst du sicher einen Nebenjob gebrauchen." Sie besann sich und prüfte seine Augen, dann sprach sie: „Zweimal die Woche fünf Stunden?" So wurde es abgemacht.

Als sie Angelika und Corinna später davon erzählte, schüttelten sie die Köpfe. Viola möge an ihrem Werk arbeiten, zu dritt würden sie das Geld schon zusammenbekommen. Viola umarmte sie, keine sagte etwas, dann lösten sie die Arme. Angelika fragte: „Möchtest du uns etwa verlassen?" Viola wusste es nicht. Corinna stöhnte. „So fängt es immer an." Aber keine sagte noch etwas, sie umarmten sich stumm.

Am 15. August war die Heizung fertig, Karsten erschien, und diesmal trug er keinen Blaumann, sondern einen Anzug aus kühler Wolle. Das Haus wurde begangen. Die Frauen hatten darauf bestanden, dass Boris dabei sein musste. Karsten war es nicht recht, aber sie waren schließlich die Auftraggeberinnen. Ihm fiel einiges ein, an einer Stelle wäre mehr Material verbraucht worden, an einer anderen hätte es an Baufreiheit gemangelt, alles wäre schwieriger gewesen, alles hätte länger gedauert als geplant. Es war ein Glück, dass der schweigsame Boris diesmal doch den Mund aufbekam und die Dinge zurechtrückte. Trotzdem war die Summe am Ende höher, als der Kostenvoranschlag es vorgesehen hatte.

Zuletzt sollte am großen Tisch die Rechnung unterschrieben werden. Angelika hatte einen frischen Krug mit Wasser und eben gepflückten Kräutern darin bereitgestellt. War es, dass Karsten sich so sicher fühlte, war es, dass er meinte, unangreifbar zu sein, er goss sich ein und trank von dem zauberischen Wasser, ehe die anderen überhaupt ein Glas in die Hand nehmen konnten. Ich sah's vom Holunderstrauch aus, und Angelika nickte mir zu.

Die Stunde war gekommen.

Ich flog heran, stürzte auf den Tisch zu und sang laut wie nie. Zwar landete ich auf Vogelfüßen, aber sprach schon mit menschlicher Stimme: „Halt! Zuerst rechne ich ab. Denn der Sommer ist vorgeschritten, heut ist der Tag, an dem die Kräuter siebenfache Kraft besitzen."

Karsten wollte mir drohen und die Stimme heben, doch die Zunge gehorchte ihm nicht. Angelika lächelte. So sprach ich weiter: „Sieben Jahre ist es her, dass ich dich abwies. Weil dir die Macht fehlte, mich zu zwingen, hast du mich aus Wut in einen Vogel verwandelt. Du treibst viel bösen Schabernack, um dich mächtig zu fühlen. Und jetzt bist du selbst gebannt. Du musst den Zauber lösen, sonst kehrt deine Stimme nie zurück."

Er wollte nach mir greifen, doch ich war leicht, ich war schnell, ich sprang auf Angelikas Hand. Da verwandelte er sich in einen Falken, flog hoch und wollte sich von oben auf mich stürzen.

Da hat Boris mit einem Mal eine lederne Haube in einer Hand und wirft sie dem Falken über den Kopf, der ist wie blind. Auf der anderen Hand trägt Boris einen Handschuh, er greift den Falken bei den Krallen und fesselt sie mit einem ledernen Riemen. Der Falke verwandelt sich in ein Mäuslein, das schlüpft aus Haube und Riemen und rennt davon. Der Falkner aber, zack!, wird zur Katze. Die Katze macht einen Satz, schon hat sie die Maus und frisst sie mit Haut und Haar.

Und wäre die Katze danach nicht sogleich wieder der schweigsame Boris gewesen, der die Falknerdinge vom Boden aufhob und in die Hosentasche steckte, wir hätten nicht geglaubt, was wir soeben mit Augen gesehen.

Angelika tauchte ihre Hand in den Krug und warf mir Tropfen über Gesicht und Gefieder. Meinen Schnabel fühlte ich weich werden und sich in einen Mund verwandeln, das Gefieder wurde mir zu Haut mit feinen Härchen, und die Federn flogen mit dem Wind. Ich streckte mich und sprang auf den Boden, wo ich meine wahre Statur zurückgewann und dastand als die Frau, die ich gewesen, wenn auch sieben Jahre älter. Die Zeit nämlich war nicht außer Kraft gesetzt, so etwas geschieht nur im Märchen.

Corinna nahm die Rechnung, die auf dem Tisch lag, zog ein Feuerzeug aus der Tasche, schon flogen die verbrannten Papierstücke davon wie zuvor die Vogelfedern. Das restliche Wasser aus dem Krug goss Angelika unter die Rosensträucher, damit keine aus Versehen davon tränke. Und gleich brachten den Rosen neue Knospen hervor, die erblühten. Ich allerdings stand ohne Gefieder nackt und bloß da, wie die Göttin mich erschaffen. Corinna lief und brachte mir eine ihrer Latzhosen und ein Hemd.

Wir feierten den ganzen Abend und die halbe Nacht, und Boris blieb und feierte mit uns. Als am Morgen der Tau fiel, veränderte sich noch mehr. Viola ging nach oben, da packte sie ihre große Tasche, sie steckte die Maschine hinein, die Belegexemplare der Bücher, die sie schon veröffentlicht hatte, ihr Lieblingskleid und die elektrische Version des Wörterbuchs der Brüder Grimm. Wir weinten alle, nur Boris nicht. „Es war eine gute Zeit mit uns", sagte Viola, „das vergesse ich nie." Sie küsste Corinna, Angelika und mich, und wir versprachen einander, dass wir Freundinnen bleiben sollten. Danach fuhr Viola davon. Vögel sangen ihr Lied.

Corinna und Angelika schauten mich an und ich sie, und ehe noch Verlegenheit aufkommen konnte, stellte Angelika fest: „Wir haben ein Zimmer frei." Was soll ich sagen? Ich zog ein. Tags arbeite ich im Waldkindergarten, der ist nicht weit weg, abends teilen wir Brot und Wein und die Decken, die vor nächtlicher Kühle schützen. Alle Sommer aber trifft Violas neuestes Buch bei uns ein, wir lesen es einander vor, dort, am Tisch draußen im Garten. Das alles könnte ein Wunder sein, das ist wahr. Wir bleiben aufmerksam.

Die Meerfrau und die zwei Schwestern

Eine utopische Geschichte

Als er über dem Mühldamm dahin schritt, brach eben der erste Sonnenstrahl hervor, und er hörte in dem Weiher etwas rauschen.

Brüder Grimm, Die Nixe im Teich

Es war ein Mann, der ging alle Monate drei Wochen auf Dienstreise in die große Stadt. Die andere Woche war er daheim in der kleinen Stadt und lebte dort lustig mit seiner Frau, ging jeden Freitag kegeln und auf den Sonnabend tanzen, und sie tranken viele schöne Gläser Tannenzäpfle, das gerade das angesagte Bier war. Die Frau arbeitete in der kleinen Stadt, und von ihrem Geld sparten sie jedes Jahr ein gut Teil für den Urlaub. Den Kredit für die Eigentumswohnung finanzierte er, und sie waren noch lang nicht zu Ende damit. Der Mann arbeitete geschickt und machte Geldgeschäfte für seinen Dienstherrn, das war eine Bank. Eines Tages aber war einer seiner Kollegen noch geschickter gewesen als er, so dass viele Geschäfte platzten. Das Bankhaus wurde nur gerade eben und mit staatlicher Hilfe vorm Untergang bewahrt. Entlassen wurden der Mann und nicht wenige seiner Kollegen gleichwohl. Denn die Bank stellte auf Onlinedienstleistungen um.

Da war also der letzte Abend im Hotel gekommen, der Mann saß auf seinem Zimmer und weinte mehr, als es sich für einen Broker gehörte, der kühl sein musste bis an das Herz hinan. Das wurde er schließlich gewahr, da schaltete er sein Mobilfon ab, damit die Frau ihn nicht etwa in dieser Stimmung anriefe, stand auf, ging ins Bad und wusch sein Gesicht. Er schaute in den Spiegel und fragte sich, was zu tun sei. Denn auch andere Banken hatten verspielt, und seine Frau war schwanger und wenig Krippen im Land, wovon sollten sie leben?

Wie er so grübelte, beschlug der Spiegel wie von Dampf, und in der Badewanne gluckste Wasser und stieg rasch auf. Darin erschien eine schöne Frau mit einem Fischschwanz. Dem Mann wurde ganz unheimlich. Die Frau nannte ihn beim Namen und fragte, was er denn so traurig sei. Und weil sie ihn duzte, woran er nicht gewöhnt war, meinte er, er träume und sei dabei in ein Märchen geraten. Dann musste die Frau eine Nixe sein, eine Meerfrau, gut, und wenn es an dem war, war das ganz sicher ein Märchen, und er konnte ihr tatsächlich sagen, warum er sich grämte. Die Schöne lächelte freundlich und sprach: „Sei ruhig, ich will für euch sorgen. Doch du musst mir versprechen, dass du mir gibst, was morgen in deinem Haus neu ist." Der Mann, der die Tücke solchen Märchenhandels nie recht gewusst und schließlich ganz vergessen hatte, versprach das. Irgendein Ding, glaubte er gewiss, hätte seine Frau bestimmt gekauft, das sollte die Meerfrau haben. „Abgemacht", sagte sie und reichte ihm die Hand, und wieder wurde ihm ganz flau, da er die kühle und doch ganz und gar lebendige Haut der schönen Frau berührte. Ja, einen Augenblick lang glitt sein Blick von ihren Augen zu den Brüsten, und er fühlte beinahe Verlangen nach der Fremden. Aber er konzentrierte sich auf seine materielle Rettung und sah auch nicht, wie sie spöttisch ihre dunklen Brauen hob. „Fahre", sagte sie, „also und überrasche dein Weib. Doch frage daheim gleich die elektrische Post ab. Du wirst Nachricht finden, dass deine Bewerbung in der Werft der Hafenstadt im Norden angenommen sei. Dann schau auf den Stand deines geheimen Depots im Nachbarland. Du wirst genug haben, die für dich schon reservierte Wohnung in der Hafenstadt zu bezahlen. Für ein angemessenes Fahrzeug", sie lachte wie lauter Perlengeriesel, „sorgt dein neuer Arbeitgeber." Der Mann, der sich jetzt im Märchen schon fast wie zu Hause fühlte, rief seinen Dank aus. Sie erwiderte: „Vergiss nicht unsern Vertrag!" Er nickte, ihre Erscheinung wurde schwächer, durchsichtig, verschwand.

Gleich am Morgen eilte er heim in die kleine Stadt. Wie wunderte er sich, als ihm an der Wohnungstür seine Schwiegermutter entgegentrat. Die dachte, er hätte die Nachricht auf seinem Mobilfon empfangen, die sie in der Nacht gesandt hatten. Denn seine Frau war verfrüht, aber glücklich niedergekommen. Und nun war sie schon wieder daheim und lachte ihm aus dem Bett entgegen, das Neugeborene im Arm. Und als er sie küsste, durchfuhr das Begreifen ihn wie ein Schlag. Er eilte an seinen Computer und fand alles ganz, wie die Meerfrau gesagt hatte. Und es gab eine weitere Mail, deren Absendeadresse fehlte. Der Text besagte, er solle, wenn das Mädchen ein Jahr alt sei, mit ihr zum alten Hafenbecken seines neuen Wohnorts kommen, wo er schon erwartet würde. Zwar würde es für einen Augenblick so aussehen, als ob das Kind im brackigen Wasser der Flussmündung ertränke, doch könne er versichert sein, der Kleinen werde es wohl ergehen.

Sein Sinn verdüsterte sich, als er das las. O hätte er doch das Mobilfon nicht abgeschaltet! Schweren Herzens trat er die Stelle an, und sie bezogen die Wohnung in der

Hafenstadt. Nahm er aber Frau und Kind in die Arme, so gedachte er des leichtfertig eingegangenen Vertrages, zuerst mit Reue. Mit der Zeit aber begann er zu überlegen, wie er wohl aus dem Vertrag käme. Denn arbeitete er etwa nicht gut an dem Platz, für den er qualifiziert war? Armut war keine Lösung! Und wusste er nicht von Berufs wegen: Kein Vertrag war so fein gesponnen, dass man ihm nicht zuletzt doch entkam! War dieser Vertrag nicht überhaupt sittenwidrig? Und nicht zuletzt, wo lebten sie denn! Gab es nicht Behörden, die stark über das Wohlergehen eines jeden Kindes wachten? Warf man in diesem Land etwa einfach ein Kleines ins Hafenbecken und kam davon damit? Als er soweit überlegt hatte, beschloss der Mann, seinen Teil der Abrede nicht zu erfüllen. Zwar erzählte er eines Abends die ganze Geschichte seiner Frau, und sie erschrak sehr. Aber fast sofort beruhigte sie sich damit, dass er schon immer gern bizarre Geschichten erzählt hatte, und keine hatte sich je bewahrheitet. „Deine Phantasie", sagte sie, „ist ungewöhnlich für einen Mann deiner Branche."

Dabei blieb es, und das Glück kehrte wieder bei ihm ein. Was er auch plante, es gelang. Seine Frau musste nun überhaupt nicht mehr außer Haus arbeiten. Das war ihm sehr lieb, denn nur so konnte er einigermaßen sicher sein, dass das Kind dem Wasser nicht zu nahekäme. Er schärfte es ihr ein, und glaubte sie auch die Geschichte mit der Meerfrau nicht, folgte sie doch seinen Wünschen. Denn sie liebte ihn, das gibt es ja nicht nur bei den Armen. Das Kind lernte laufen und rollern, Rad fahren und zuletzt reiten. Nur schwimmen lernte es nicht. Schon bald tauschte der Mann die Wohnung in der Stadt gegen ein Haus auf dem Land und fuhr lieber jeden Tag den langen Weg zur Werft als das Kind in der Stadt mit dem riesigen

Hafen wohnen zu lassen, der am breitesten Strom des Landes lag. Auch war bis zu diesem Tag die fremde Meerfrau nicht erschienen, um auf den Vertrag zu pochen.

Die Frau aber war unzufrieden, denn zwei Dinge bedrückten sie schwer: Ihr wurde, da das Mädchen heranwuchs und zur Schule ging, die Zeit lang in dem schönen Haus. Die kleine Familie konnte gar nicht so viel Schmutz machen, dass sie den ganzen Tag zu putzen gehabt hätte. Auch war das Mädchen viel allein, wenn es heimkam, und fehlte dem Kind ein Spielgefährte. Wenn die Kleine immer nur mit der Mutter sprach und spielte, würde sie altklug werden und ein wenig seltsam. Kurz, die Frau wollte wieder schwanger werden. Die andere Beschwerde war, dass sie von einer Insel stammte, dort lebte auch ihre Mutter. Wohl kam die Oma des Kindes im Winter zu Besuch, aber da sie rüstig war und sommers im Gastgewerbe arbeitete, bat sie ihre Tochter ein ums andere Mal, sie möchte doch zu ihr auf die Insel kommen, dem Kind seine Wurzeln zu zeigen. Nur zu gern wäre die Frau einmal mit dem Kind dorthin gereist. Dieses zweite Ding fand der Mann ganz unmöglich, doch auch das erste wollte und wollte nicht klappen. Die Frau ging zu einer Ärztin, die schaute tief in ihren Leib und befand darauf, er sei verschlossen, keine teure Medizin würde helfen. Da weinte sie bitterlich den ganzen Weg nach Haus und den ganzen Abend und die halbe Nacht in ihrem Bett, und als sie zuletzt völlig verzweifelte, riss eine Wolke am Himmel, der Mond sah ins Zimmer und das Schloss in ihrem Leib zersprang. Der Mann wachte auf und nahm sie in den Arm, und als zwei Wochen später ein schwerer Regen sich ums Haus ergoss, fühlte sie sich schwanger.

Da dies sich nun so wunderbar gefügt hatte, ließ der Mann sich erweichen und sagte seiner Frau eine Reise zu ihrer Mutter zu. Die Bedingung aber war, dass die Kleine nie allein zum Strand laufen und auch nicht im Meer baden dürfte. Die Frau, deren Heimweh groß war, sagte zu allem ja. Und als sie nun auf die Insel fuhren, da hielt er das Mädchen immer fest an der Hand; erlaubte auch nicht, dass sie das Oberdeck der Fähre beträte, und als sie zum Fähranleger kamen, zeigte er ihr durchs Fenster, wie das Wasser so trüb und braun um die großen Holzpfähle im Hafen rauschte, und sprach: „Schau, wie gefährlich das ist! Da bleibe fort!" Die Kleine nickte brav. Doch wer auf einer kleinen Insel kann schon immer den Strand meiden! Und als das Mädchen an der Hand der Mutter zum ersten Mal sah, wie das Meer den Himmel spiegelte und weit draußen auf einer Sandbank die Seehunde sich um und um rollten, da war sie kaum zu halten. Zumal die vielen anderen Kinder vorn an den Wellen spielten und im Spülsaum nach Muschelschalen suchten. Nichts geschah.

Erst am Abend, als der Mann allein zum Deich ging und auf die weite Fläche aus Schlick und Sand hinaussah und die ihm ganz wüst vorkam und fremd, rauschte eine einzelne Welle über das Watt und kam heran bis an seinen Fuß, und aus ihr erhob sich die Meerfrau, noch schöner als beim ersten Mal. Und während rechts und links der Deich trocken war, blieb das Wasser dicht um ihren Fischschwanz stehen, so dass der Mann sicher wusste, dass dies nicht mit rechten Dingen zuging. Die Meerfrau wünschte ihm einen guten Abend und fragte, wie es ihm ergangen sei. Er dankte und sprach, alles sei geschehen, wie sie gesagt habe. „So habe ich meinen Teil des Vertrags erfüllt. Und mehr als das", sagte die Schöne, während hinter ihr groß und weiß der Mond aufging, „denn dein Weib ist wieder schwanger. Ich habe gewartet und Aufschub gegeben. Jetzt erfülle auch du deinen Teil unseres Vertrags." Und sie schien ihm viel größer als das letzte Mal, ihr dunkles Haar lockte sich wie Wellen im Sturm, ihre Augen waren tiefblaue Seen, und ihr Leib, o wer sich in der barbarischen Schönheit ihres Leibes verlöre! „Bitte", schrie er, und da war plötzlich ein Wind, der ihm das Wort vom Mund nahm, „nicht das, nicht mein Mädchen! Ich gebe dir auch –" „Was?", fiel sie ihm ins Wort, „dein Haus, deine Stereoanlage, deinen schnellen Wagen?" Sie schüttelte ihr Haupt, dass die Tropfen nur so sprangen und sein Gesicht benetzten. „Diese Dinge taugen mir nicht, ein lebendiges Wesen will ich um mich haben." Und milder setzte sie hinzu: „Es wird ihr gut ergehn in meinem Reich." Sie wandte sich um und wartete nicht auf Widerrede und glitt mit jener Welle dahin, mit der sie gekommen war. Er sah ihr Haar noch fliegen, bis sie in einem fernen Priel verschwand. Er rief und lief ihr nach in den Schlick, aber es half ihm nichts. Nur seine Schuhe wurden vom Schlamm befleckt. Und wie er heimging und sich neben seine Frau ins Bett legte, nachdem er lange das Gesicht seines schlafenden Kindes betrachtet hatte, träumte ihm, dass die Meerfrau in sein Bett kam und ihn tief und nass küsste und über ihm saß und ihn umschlang, so dass er nicht wusste, welches Glied ihm und welches ihr gehörte, und nicht, wo er aufhörte und wo sie begann. Darüber wurde es heller Tag.

Als er aufwachte, war das Bett seiner Frau schon leer, auch das Kind schlief nicht mehr, und die Schwiegermutter sagte ihm, sie wären an den Strand gegangen. Er lief in fliegender Eile. Als er zum Strand kam, sah er seine Frau allein an der Station der Bademeisterinnen stehen und hörte sie klagen. Die rettungskundigen Frauen eilten ans Wasser und schwammen weit hinaus, doch alles war umsonst, zuletzt schluckten auch sie Wasser und kehrten unverrichteter Dinge zurück. Wie bitter wurde es den Eltern ums Herz, und wie schmerzte es sie! Der Mann klagte sich selbst an, dass er so lange geschlafen und geträumt, und er schämte sich.

Aber in einer Nacht nicht lang darauf, als seine Frau das neue Kind gebar, erhielt er erneut eine elektrische Nachricht ohne Absender, doch mit einem Bild, das zeigte das erste Mädchen mit Haaren, lang und wild wie die der Meerfrau. Der Vertrag sei erfüllt, er habe nichts zu fürchten. Und das Mädchen, las er weiter, sei eine hervorragende Schwimmerin geworden. Oft sah er das Bild an in seinem Computer, mal schien ihm, es lache, mal, als weine es.

Die Frau aber nahm, was alle wunderte, schon als das zweite Kind ein Jahr alt war, eine Arbeit auf. Denn weil beim ersten Kind alle Behütung nicht geholfen und das Schicksal seinen Lauf genommen hatte, so wollte sie das zweite nicht unter ihrem eigenen Schmerz leiden lassen. So weh es der Mutter tat, sie ließ der Kleinen viele Freiheit und fuhr mit ihr regelmäßig auch zur Oma, wo sie bald das Meer lieben lernte. Ja, sie schwamm auch im kalten, salzigen Wasser, das prickelte so wunderbar am Körper, und die sonnenbraune Haut des Mädchens glänzte wie das Fell eines jungen Seehunds. Eines Tages nun fragte die Kleine die Mutter, was denn in jenem verschlossnen Zimmer sei, das zwischen ihrem und dem Schlafzimmer der Eltern sich befinde. Da weinte die Mutter und sprach: „Dort hat deine große Schwester gewohnt!" Und als das Kind so sehr bat, öffnete sie die Tür und zeigte ihr das Zimmer. Alles dort lag und stand noch, wie das erste Mädchen es verlassen. Das Kind fragte weiter, und die Mutter erzählte ihr die ganze Geschichte, wie die Schwester eines Tages in der See verschwunden war. Sie erwähnte auch das Versprechen, das ihr Mann einst der Meerfrau gegeben, und die Nachrichten ohne Absender. „So lebt meine Schwester also anderswo", schloss das Kind daraus und drückte die Mutter, der die Tränen nur so die Wangen hinunterliefen.

In dieser Nacht stand die kleine Schwester auf, ging in das Zimmer der Verschwundenen und betrachtete ihren Schreibtisch mit den Büchern und Heften und all ihre Spielsachen. Dabei war auch eine Robbe aus Plüsch, und es kam dem Mädchen vor, als zwinkere die Robbe ihr zu.

Von nun an kam die kleine Schwester oft ins Zimmer der großen und spielte dort. Als sie eines Tages den Rucksack der Schwester entdeckte, kam ihr ein Gedanke. Sie ging und holte sich eine Flasche mit Wasser aus der Küche. Dort nahm sie auch ein Brötchen aus dem Kasten und einen Apfel aus der Schale, sie nahm auch alles Geld aus ihrem Sparschwein, und oben in den Rucksack packte sie einen warmen Pullover und die Robbe aus Plüsch. Abends, als die Eltern schliefen, schrieb sie einen Brief, dass sie nun gehe und nicht ohne ihre Schwester zurückkommen werde. Leise schloss sie die Tür. Sie ging zum Bahnhof und kam mit der ersten Vorortbahn morgens in die Stadt. Am Hauptbahnhof kaufte sie eine Fahrkarte und begab sich ans Meer. Sie war ja schon auf der Insel ihrer Oma gewesen und kannte sich aus. Jedes Mal, wenn ein Erwachsener sie fragte, wo sie denn hinwolle, sagte sie fest: „Zu meiner Oma." Und fragte man sie dann, wo das denn sei und wie sie da hinkäme, konnte sie die Verbindung genau nennen und wusste, wo die Fähre abging. So ließ jeder die Sache auf sich beruhen, denn sie schien aufgeweckt und verständig. Auch waren die Leute an allein reisende Kinder gewöhnt, weil so viele

Eltern getrennt lebten, deren Kinder von einem Teil zum andern fahren mussten.

Und als das Mädchen auf der Fähre angelangt war, ging sie gleich hinauf zum Oberdeck und betrachtete das Wasser, wie es in der Fahrrinne schäumte und spritzte, dass es eine Lust war. Der Wind wehte mit Kraft, Möwen vom Hafen begleiteten das Schiff mit ihren Schreien, und wenn sie aufs Meer hinaussah, war ihr auch, als tauche zwischen den Wellen hin und wieder ein Fischschwanz auf, der schnelle Fuß oder die Schulter einer guten Schwimmerin. Sah sie dann genau hin, war es aber doch wieder nur, als wälze ein Seehund sich in den Wellen.

Auf der Insel angekommen, begab das Mädchen sich gleich zur Oma, denn sie zweifelte nicht, dass die längst von den Eltern verständigt worden war. Und richtig war die Oma daheim und schimpfte ordentlich, dass sie sich so heimlich davongemacht hatte. Aber die Kleine schmeichelte ihr klug und erreichte, dass sie die Eltern anrief und ihnen riet, die Sache auf sich beruhen zu lassen. Warum sollte das Kind nicht ein paar Wochen bei der Oma bleiben, zumal es sich traf, dass gerade Ferien waren. Also packte das Mädchen den Rucksack aus, ließ nur den Pullover darin und setzte die Robbe aus Plüsch aufs Bett.

Am Abend lief sie ans Watt. Dort rief sie den Namen ihrer großen Schwester aufs Meer hinaus. Gerade war auflaufendes Wasser, und wie die Wellen heranrauschten, kam ein großer Seehund geschwommen und ließ sich an Land gleiten und sprach: „Wen rufst du?" Sie sagte: „Ich rufe meine Schwester, die hier im Meer verschwunden ist." Der Seehund fragte, woher sie denn wisse, dass ihre Schwester nicht ertrunken sei. „Ach", sagte das Kind, „meinem Vater, dem es einmal sehr schlecht erging, hat eine Meerfrau geholfen. Doch dafür nahm sie meine Schwester mit sich ins Meer. Ich suche nach ihr, denn ich will sie endlich kennenlernen." Der Seehund sprach: „Sei getrost, ich will dir helfen. Komm morgen Abend wieder ans Watt und rufe. Doch komme eine Stunde später, wie die Flut." Das Mädchen nickte, hielt dem Seehund die Hand hin, bis er mit der Nase daran stupste, und streichelte ihm sein Tiergesicht. Dann wandte er sich ab, glitt wieder ins Meer und war schon bald verschwunden. Die kleine Schwester aber ging zurück, legte sich ins Bett und schlang die Arme um die Robbe aus Plüsch. Tief und traumlos schlief sie bis zum Morgen.

Am nächsten Abend nun wäre es zu spät geworden, als dass sie die Oma um Erlaubnis für einen Spaziergang hätte bitten können. Deshalb legte das Mädchen sich zum Schein schlafen, doch als die Oma beim Fernsehen saß, öffnete das Kind das Fenster und kletterte hinaus. Sie schlich zwischen den Büschen des Gartens hindurch, begab sich eilends wieder ans Meer und rief den Namen der Schwester. Diesmal stieg das Wasser weit höher, und es schäumte.

Der Seehund, wie versprochen, erschien. Das Mädchen hatte vom Taschengeld Lachsscheiben gekauft, die sie dem Seehund jetzt eine nach der anderen hinhielt. Er verschlang die Leckerei mir nichts dir nichts, dann strich er sich über seine dicken Barthaare und sprach: „Nun habe ich mich gestärkt und kann dich tragen. Setz dich auf meinen Rücken." Das Mädchen stieg ohne zu zögern auf, und obwohl die salzige Gischt ihr um die Beine spritzte, gab sie doch keinen Ton von sich, bis sie eine Sandbank draußen vor der Küste erreichten. „Hier", sagte der Seehund, „warte, ich werde die Meerfrau rufen." Mit diesen Worten stürzte das Tier sich in die Fluten.

Als er verschwunden war, wurde dem Kind angst und bange, denn das Meer war so weit, der Wind brauste so sehr, und das Wasser stieg noch. Als es schon über ihre Füße schwappte und sie wirklich Angst bekam, sah sie das glänzende Fell des Seehunds wieder auftauchen und neben ihm eine nackte Frau, die viel größer war als alle Frauen, die sie kannte. Jetzt erkannte sie auch den Fischschwanz, der die Meerfrau mit wenigen Schlägen an die Sandbank herantrug. „Mädchen", begann die Meerfrau: „was willst du von mir?" Jetzt galt es, und das Kind schob jeden furchtsamen Gedanken beiseite und antwortete: „Ich habe eine Schwester, die kenne ich nicht, denn schon bevor ich zur Welt kam, ist sie im Meer verschwunden. Die will ich kennenlernen!" Die Meerfrau fragte hart, warum sie damit zu ihr käme, sei doch allseits bekannt, dass die Ertrunknen nicht lebendig zurückkehrten. Das Mädchen antwortete: „Ich habe ihr Bild gesehen!" Da fragte die Meeerfrau weiter: „So weißt du auch, dass deine Schwester mir versprochen wurde?" Das Kind nickte. „Dann willst du mich wohl auch betrügen, wie dein Vater es tat?" Das Kind fürchtete sich sehr und schüttelte den Kopf. Da sagte die Meerfrau: „Ich will es bedenken. Kehre morgen zum Strand zurück, doch bringe ein Pfand mit, zum Zeichen, dass du es ehrlich meinst." Das Kind wollte gern etwas geben, doch wusste nicht was. „So bring die Robbe, die in deinem Bett liegt!" Mit diesen Worten schlug das Meerweib den Schwanz durch die Wellen, dass die Kleine von oben bis unten benetzt wurde, und schwamm davon. Der Seehund aber wies auf seinen Rücken. „Wir müssen eilen, ehe die Gezeiten wechseln." Und richtig brachte er das Mädchen zum Strand zurück und wies sie an, am andern Tag noch eine Stunde später zu kommen. Zu Hause wrang die Kleine ihre Kleider aus und hängte sie säuberlich über den Stuhl neben dem Bett.

Am nächsten Morgen, als die Oma sie weckte, hatte die Kleine den Arm fest um die Robbe aus Plüsch geschlungen, und wie die Oma ihr übers Haar strich, fühlte sie, dass es ganz feucht war. „Kind, was ist los, du bist ganz nass und verschwitzt!" Das Mädchen sagte, ihr hätte geträumt, sie wäre ein Seehund und schwämme im Meer. Die Oma lachte, doch als sie über die Kleider des Mädchens strich, die ebenfalls nicht ganz trocken waren, dachte sie bei sich: „Ich muss achten, dass das Kind nicht nachts in den Tau hinausläuft und sich erkältet." Als sie am Abend die Kleine zu Bett brachte, sagte sie: „Du hast nicht viel Kleider dabei, also will ich dir die hier waschen und trocknen, dass sie morgen recht frisch sind", und nahm alle Sachen mit außer den Pullover, der zum Glück noch im Rucksack steckte. Als die Stunde kam, zog die Kleine den Pullover gleich über den Schlafanzug und die Schuhe auf die nackten Füße, und weil der Wind so brauste, zog sie den Bezug vom Kissen und band ihn sich als Tuch um den Kopf. So gerüstet kletterte sie hinaus, die Robbe unterm Arm. Diesmal wartete der Seehund schon und schnappte hungrig nach dem Stück fetter Makrele, das das Mädchen beim Abendbrot eingesteckt hatte, als die Oma gerade nicht hinsah. Er strich sich den Bart, und hui ging es wieder hinaus zur Sandbank. Und auch heute musste sie warten, und diesmal stürmte die Luft und schwappte ihr das Wasser fast bis an die Knie, als Seehund und Meerfrau endlich auftauchten. „Nun", sprach die Meerfrau: „hast du mein Pfand?" Das Kind nickte und reichte ihr die Robbe aus Plüsch und erschrak ein wenig, als die Hände der Meerfrau sie dabei berührten. Doch dann fühlten die sich nicht gar so kalt und unangenehm an, wie sie es sich vorgestellt hatte, so fasste sie Vertrauen. Die Meerfrau, die das wohl bemerkte, lächelte für sich und schnalzte mit den Fingern in die stürmische Luft.

Da tat das Wasser sich auf, und heraus trat ein Mädchen, schön und beinahe so groß wie die Meerfrau, doch mit menschlichen Füßen. „Schwester?", fragte die Kleine, und die Große erkannte sie, als schaute sie in einen Spiegel. Sie umarmten einander und fingen gleich an, Fragen zu stellen, zu antworten und zu erzählen. Die Meerfrau aber hielt sie zurück und sagte: „Eilt, denn das Wetter wird schlecht. Morgen, wenn der Abend dämmert, erwarte ich euch am Deich, doch wehe, wenn ihr mich betrügt!" Die Mädchen versprachen alles, der Seehund nahm die Kleine auf den Rücken, die Große schwamm neben ihnen her. Als die kleine Schwester sich noch einmal umwandte, sah sie die Robbe aus Plüsch sich strecken und mit einem Satz neben der Meerfrau im Wasser verschwinden. So war das also. Sie drehte sich um und schaute nach vorn.

Am Strand bedankten die Mädchen sich bei dem klugen, freundlichen Tier, dann eilten sie zum Haus und schlüpften durchs Fenster. Sie umarmten, drückten und herzten einander, dass es eine Art hatte. Wie staunte die kleine Schwester, als sie hörte, dass es unter dem Meer ein ganzes Reich der Meerfrauen gibt, in dem ihre Schwester längst ausstudiert hatte und wo sie mit ihren Gefährtinnen über das Meer wachte, in dem immer ein feines Gleichgewicht von Wasser und Salz, Pflanzen und Getier, Ruhe und Bewegung bestehen muss, welches von den Menschen nur allzu oft und schwer gestört wird. Und die kleine Schwester berichtete von den Eltern, die noch immer Kummer um die große trugen. Viel zu rasch kam der Morgen, die beiden Mädchen standen auf und gingen, wie sie waren, zur Oma, die eine trug den Schlafanzug, die andere zog sich den Pullover bis zu den Knien. Was war das für ein Wiedersehen! Gleich wollte die Oma zum Telefon laufen und die Eltern der Schwestern herbeitelefonieren. Aber das große Mädchen hielt sie zurück und sagte: „Lass uns zuerst überlegen, was wir sagen. Denn dass ich zurück ins Meer muss, das ist gewiss. Und ich will das auch, denn ich habe dort viel zu tun." Die Oma stimmte zu, keinen neuen Betrug zu wagen. Und so schmiedeten sie ihren Plan.

Am Abend gingen die Schwestern mit ihrer Oma zum Deich, da war diesmal noch lang nicht Flut, aber dennoch brauste eine Woge heran. Heute stieg die Meerfrau selbst an Land. Als sie die Frau und die Mädchen sah, lachte sie, denn das gefiel ihr sehr. Auch die Robbe erschien und verwandelte sich wieder in ein Plüschtier. „So hast du also Wort gehalten", sprach die Meerfrau. Sie nahm die große Schwester bei der Hand und wandte sich erst dann an die Oma: „Und was willst du?" Da brachte sie vor, dass die kleine ihrer großen Schwester, die sie nie gesehen hatte, so treu gewesen war, sie vermisst und gesucht hatte. Sollten die Mädchen nun wieder und für immer voneinander getrennt bleiben? Die Meerfrau erwiderte: „Der Vater dieser Mädchen war vertragsbrüchig und hat mich schwer gekränkt." „Das ist wahr", sprach die Oma, „aber haben dich die beiden Schwestern auch gekränkt?" Und klug fügte sie hinzu, die ältere Schwester habe viel gelernt im Meer und wisse, was sie bewirken könne. Das sei eine Freude und Hoffnung. Aber an Land gebe es ebenfalls viel zu tun, hier fehle es vor allem an der Zuversicht, mit Wissen und Courage etwas bewirken zu können. Wie wäre es also, wenn das ältere Mädchen ihr Jahr teilte, zur Hälfte an Land lebte, zur anderen im Meer? Nachdem sie diese Rede gehört hatte, hob die Meerfrau die Hand. Alle schwiegen.

Die Meerfrau bedachte sich. Dann sprach sie: „Du hast recht, dass nur der Vater der Mädchen mich betrogen hat. Die beiden Schwestern scheinen von einer anderen Art. Und doch: Soll ich verzeihen und vertrauen und das Mädchen in jedem Jahr sechs Monate an Land gehen lassen, will ich zuerst eine Genugtuung von ihm. Er muss seine Stellung in der Stadt aufgeben, hierher auf die Insel ziehen und ein bescheidenes Leben führen. Sobald das geschieht, sehen wir uns wieder an diesem Deich. Adé, ihr Lieben, richtet es ihm aus." Das Mädchen bei der Hand nehmend, wandte sie sich zum Meer, die kleine sah ihre ältere Schwester, wie sie durch die Wellen dahinglitt. Wie ähnlich sie der Meerfrau sah!

Oma und Enkeltochter hatten es nun schwer. Zwar die Mutter der Mädchen war für den Plan leicht zu gewinnen, wollte sie doch endlich, endlich ihr erstes Kind wiedersehen, man kann kaum sagen, wie sehr sie das wollte. Den Vater zu überzeugen war nicht so leicht. Es fiel ihm schwer, auf sein regelmäßiges Einkommen zu verzichten, brachte er doch weit mehr Geld nach Hause als seine Frau. Er fürchtete seinen Luxus zu verlieren, wenn er die Bedingung der Meerfrau erfüllte, und jene Sicherheit, die ihm so überaus wichtig war. Auf der anderen Seite, begriff er, die Frau mit dem zweiten Mädchen würde kaum bei ihm bleiben, wenn er das erste verriet. Er rang mit sich, er rang sich durch, verkaufte das feine Haus und erwarb mit dem Erlös Feld auf der Insel und einen kleinen Hof von einem Bauern, der sich gerade zur Ruhe setzen und zu seinen Kindern aufs Festland ziehen wollte. Wie das Glück es wollte, lag das Gehöft nicht weit vom Haus der Oma. Der Mann lernte nun, Kartoffeln und Hirse anzubauen, und die Frau pflegte in dem kühlen, doch nie zu kalten Klima der See einen Garten, in dem die Möhren, die Kürbisse und die Apfelbäume lustig durcheinander wuchsen. Die Früchte ihrer Arbeit gediehen, das Leben wurde einfach, wenn auch nicht leicht. Um den Hof rankten wilde Rosen.

Als all das wahr wurde, gab die Meerfrau ihren Groll auf und stimmte zu, dass die große Schwester jeden zweiten Monat an Land ging und dort mit den anderen lebte. Die Kleine aber besuchte manchmal den Seehund und oft die Frauen im Meer, und wie ihr das gelang, ohne dabei zu ertrinken, das bleibt mein Geheimnis. Jedes Jahr im Frühling gingen die Inselleute ans Meeresufer, um angespülten Müll zu sammeln. Nach der Arbeit am Strand machten sie ein Fest am Strand, bei dem auch die Meerfrau aus dem Wasser stieg und lauschte, wie die Menschen die Muschelflöte bliesen. Und wenn sie nicht gestorben sind, so blasen sie noch heute

Die Geduld der Wanderratte

„Ach", sagte die Maus, „jetzt merke ich was geschehen ist, jetzt kommts an den Tag, du bist mir die wahre Freundin! aufgefressen hast du alles, wie du zu Gevatter gestanden hast: erst Haut ab, dann halb aus, dann ..." „Willst du schweigen", rief die Katze, „noch ein Wort, und ich fresse dich auf."

Brüder Grimm, Katze und Maus in Gesellschaft

Eine junge Wanderratte hatte in der Stadt viel um Futter gerauft und Krähen, Tauben und anderem Getier so manchen Bissen weggeschnappt. Weil sie davon Urlaub suchte, war sie in den Speckgürtel, dessen Name nur Gutes verhieß, gekommen, und entschloss sich, einige Zeit auf einem Biohof zu bleiben.

Oft sah sie den schwarz und weiß gestreiften Kater des Hauses, der kein verwöhntes Schmeicheltier war wie städtische Wohnungskatzen, sondern von den Bauern zur Jagd gehalten wurde, auf Mäuse und ihresgleichen gehen. Dann zog sie sich ohne Eile in ihren Unterschlupf zurück. Eines Abends nun traf der Kater auf die Ratte, die in diesem Moment an der Abflussrinne des Kuhstalls vorbeikam. Er war in melancholischer Stimmung, denn er kam von den Katzen des Nachbarhofs, bei denen er seine Begierde nach Liebe gestillt hatte. Und weil er sich für einen Philosophen hielt und lieber zarte Mäuse fing als mit zähen Ratten zu kämpfen, ließ er sich zu der Ratte herab und plauderte über den Mond, der eben sattgelb und rund wie ein Käse hinterm Holunder aufging. Einmal miteinander bekannt wechselten sie schon bald an jedem Abend ein paar Worte.

Der Biohof verfügte auch über eine Käserei, aus der die Ratte eines Nachts einen Gouda stahl. Gerade als sie ihn mühsam im Schutz der Hauswand hinwälzte, kam der Kater wieder einmal von den Katzen der Nachbarschaft heim. Obwohl sein Blick von der Liebe vernebelt war, erkannte er im Käse eine Beute, die nicht fliehen kann. Ihm selbst war es noch nie gelungen, dort einzudringen, wo die Bauern die fetten Käse lagerten. Gleich erbot er sich, der Ratte beim Transport zu helfen, dann auch, das edle Stück auf dem obersten Regalbrett in der Garage zu verstecken, das wenig benutzt wurde, denn auch die Bauersleute reichten kaum dort hoch. Auch würden, sagte der Kater, Metall- und Treibstoffgeruch den Käseduft überdecken, so dass niemand ihn fände. Im Winter dann hätten sie, die Ratte und er, einen Vorrat für Tage, an denen die Mäuse gar nicht erst aus ihren Löchern kämen und auch die Ratte nichts Essbares fände, weil alle Türen fest verschlossen wären. Die Ratte war zwar jung, in den Straßenschluchten der Stadt jedoch früh reif geworden. Sie sah ein, dass der Kater ihr, stimmte sie nicht zu, den Käse leicht abnehmen konnte. Darum ließ sie sich auf die Sache ein, brachte mit dem Kater den dicken Gouda auf die Stellage, blieb aber aufmerksam.

Schon bald war der Kater lüstern nach dem Käse. Weil er wohl bemerkt hatte, dass die Ratte ein Auge auf seine Wege hatte, erzählte er ihr, eine seiner Geliebten im Nachbarhof wäre mit einem Wurf Junger niedergekommen, er müsse hin, ihnen Namen zu geben, und das würde dauern. „Gutgut", sagte die Ratte, und er möchte auch auf ihr Wohl trinken bei der Party. Der Kater nickte.

Heimlich aber schlich er zur Garage und brach ein großes Stück vom Rand des Käses ab. Der Käse war fest und salzig, der Kater ließ es sich schmecken. Dann besuchte er hinten im Garten die Vogeltränke. Nach dem fetten Käse war er zu träge, auch nur eines der Vögelchen als Dessert zu erwischen, doch er stillte seinen Nachdurst an dem frischen Wasser. Abends, als die Ratte aktiv wurde, schlenderte er übern Hof, und wie sie fragte, wie die Jungen denn hießen, maunzte er: „Rundrand, Ohnerand, Salzrand". „Merkwürdige Namen", sagte die Ratte, „heißt man so in deiner Familie?" Er, immerhin, hätte Familie, antwortete spitz der Kater. Die Ratte schwieg.

Schon bald darauf gierte der Kater erneut nach dem Käse, und erzählte, die zweite seiner Geliebten im Nachbarhof sei niedergekommen. Wieder wünschte die Ratte alles Gute, er möge auf ihr Wohl trinken, und der Kater zog ab.

Einige Tage zuvor jedoch hatte sich eine zweite Wanderratte auf dem Hof eingefunden. Da nämlich hatte unsere Ratte aus einem Abflussrohr ein klägliches Fiepen gehört. Sie war hingelaufen und hatte ein junges Weibchen sich mühen sehen, das in dem verengten Rohrende steckte und nicht vor- und nicht zurückkonnte. Flink war die erste Ratte dabei und nagte eifrig an dem Rohr, so dass die andere schon bald herauskam. Die so geschlossene Bekanntschaft führte dazu, dass das Weibchen auf dem Hof blieb und die beiden Ratten Unterschlupf und Nahrung teilten. Die erste, männliche Ratte wurde nun stark und entwickelte jene rötliche Tönung auf dem Rücken, die ihr Erwachsenwerden anzeigte.

Der Kater aber hatte nicht bemerkt, dass nun zwei Ratten über den Hof huschten. Jetzt lief er wieder statt aufs Nachbargrundstück zu der Garage. Er sprang auf das Regal und brach erneut ein großes Stück vom Käse, diesmal aus dem weichen Innern, das süß und salzig zugleich schmeckte. „Selber essen macht fett", sprach er und rieb sich den Bauch. Das Rattenweibchen, das noch leisere Zehen hatte als der Freund, war ihm gefolgt, beobachtete alles und berichtete es ihrem Freund. Als nun der Kater des Abends der Ratte vor Augen kam, strich er sich seinen Bart und antwortete auf die Frage nach den Namen der Kinder: „Gelbweich, Gelbsüß, Gelbsalzig". Merkwürdige Namen nannte die Ratte das wieder und fragte ihn: „Und du bist nicht etwa an unserem Käse gewesen?" Der Kater, der sich nicht so leicht verunsichern ließ, erwiderte: „Wo denkst du hin, ist doch der Winter noch fern, und wär er gleich da, würde ich hingehen ohne dich?" Dann sei es ja gut, antwortete die Ratte und fügte hinzu: „Denn das wollte ich dir auch geraten haben." Der Kater grinste und sprach: „Du steckst deine spitze Schnauze in die Gosse und schnüffelst nachts im Unrat, da kommen dir solche Gedanken. Ich aber gehe tags umher und scheue nicht das Licht der Sonne." Die Ratte ärgerte sich, doch schwieg.

Ehe nun der Kater das dritte Mal damit kam, dass wieder eine seiner Geliebten niedergekommen sei, war es Herbst und Winter geworden. Noch fiel kein Schnee, aber es stürmte. Die Kühe blieben im Stall. Die Ratte und ihre Freundin hatten sich besprochen, dass sie vor Wintersonnenwende in die Stadt zurückkehren wollten, ehe das Jahr endete und die Tage wieder länger würden. In der Stadt, das wussten sie, hielten die Leute in dieser Zeit Märkte ab, bei denen gegessen und getrunken wurde, bis die Bäuche spannten. Manche Bratwurst, mancher fette Pfannkuchen, ja sogar der eine oder andere feine Fisch fielen von den Tischen. Sie würden viele Leckerbissen beiseiteschaffen und am Ende des Winters beinahe fetter sein als zu seinem Beginn. Der Weg freilich war lang, auch wenn man flinke Füße hatte. Sie wollten den guten Käse keines Weges darangeben und sich vor ihrer Wanderung ordentlich stärken. Darum passte die Ratte den Kater ab und sagte: „Der Winter ist gekommen. Mir zwickt's im Bauch, ich brauch was Kräftiges, und du kannst es sicher auch vertragen: Lass uns zum Käse gehen." Der Kater war ohne Argwohn und stimmte zu. Wenns zum Treffen käm, wäre er um Abhilfe nicht verlegen, dachte er. Und war die Ratte auch zäh, er würde sie schon kriegen und als Zugabe das letzte Stück vom Käse fressen. So begaben sie sich zur Garage. In einigem Abstand folgte die Rattenfreundin.

„Geh du vor", sagte der Kater. Die Ratte, die auch senkrecht aufwärtslaufen kann, war im Nu auf die Stellage geklettert. Der Kater sprang ihr nach. Die Ratte hatte gleich gesehen, dass vom Käse nur ein, wenn auch beachtliches Stück geblieben war. „So", sprach sie zum Kater, „hältst du also Wort! Nun versteh ich die Namen deiner Kinder. Gelb, rund und salzig, nicht wahr!" Der Kater aber öffnete nur sein Maul und ließ sie seine scharfen Zähne sehen. Die Ratte, die sich auf dem schmalen Regalbrett in die Enge getrieben sah, ließ sich von Katerzähnen nicht beeindrucken und sprang ihn schneller an, als er gedacht hatte. Doch hielt er sich auf dem Regal. Er langte mit einer Tatze nach ihr, verfehlte sie aber. Wieder sprang die Ratte. Die Stellage schwankte, der Kater versuchte, sie auszubalancieren und gleichzeitig erneut nach der Ratte zu greifen. Erst jetzt fiel ihm auf, wie groß und stark sie über Sommer und Herbst geworden war. Gewandt wich sie ihm aus und attackierte ihn zum zweiten Mal. Diesmal verlor der Kater die Balance, das Regal polterte laut, er fiel, aber wie es Katzenart ist, auf alle Viere. Der Käse flog in eine Ecke. Auch die Ratte sprang vom Regal und wechselte einen Blick mit ihrer Gefährtin. Während der Kater sich aufrappelte, standen sie schon bereit, ihm an die Gurgel zu fliegen. Sie sprangen und verbissen sich tief in seiner Kehle, so dass er sein Leben aushauchte.

Ehe die Bäuerin kam, die das Rumpeln in der Garage gehört hatte, rollten sie mit vereinten Kräften das Käsestück ins Freie und ums Hauseck. Nachdem sie sich gütlich getan hatten, zogen sie miteinander in die Stadt, wo sie glücklich und zufrieden lebten und das Weibchen jedes halbe Jahr einem Wurf Junger das Leben schenkte.

So kanns gehn.

Alle Zitate aus den Märchen der Brüder Grimm nach: Brüder Grimm, Kinder- und Hausmärchen. Ausgabe letzter Hand. Mit einem Anhang sämtlicher, nicht in allen Auflagen veröffentlichter Märchen. Herausgegeben von Hans Rölleke. Stuttgart: Philipp Reclam jun. 1980.

„Die Geduld der Wanderratte" und „Herrn Hörmanns Einladung" erschienen zuerst als Heft Nr. 50 und Heft Nr. 100 der Zeitschrift Zündblättchen. Überelbsche Blätter für Kunst und Literatur. Herausgegeben von Else Gold. Meißen 2012 und 2020.

Alle Geschichten in diesem Buch sind frei erfunden. Etwaige Ähnlichkeiten mit lebenden oder verstorbenen Personen sind zufällig.

Ulrike Gramann, geboren 1961 in Gera, aufgewachsen in Thüringen, lebt in Berlin und Lübeck, arbeitet als freie Lektorin und Schriftstellerin. Als Erzählerin schreibt sie mit Blick auf geschichtliche und lebensgeschichtliche Gründe und Hintergründe. Neben zahlreichen Erzählungen veröffentlichte sie einen Roman, Märchen, freie Prosa, Reportagen und Porträts.
Bei Marta Press erschienen bislang: „Die Sumpfschwimmerin" (Roman), „Die Sportlerin" (Biografie), „Du bist kein Kind mehr" (Erzählungen).
Weitere Informationen: www.poliander.de

Die Sportlerin

Die Geschichte der feministischen Kickboxerin Claudia Fingerhuth

Aufgewachsen im West-Berlin der 1960er Jahre, erlebt Claudia Fingerhuth die politischen Auseinandersetzungen der 1980er in Berlin-Kreuzberg, Proteste, Umbrüche, Aufbrüche. Die Frau mit dem Körper einer Leistungssportlerin begegnet Kickboxen, feministischer Selbstverteidigung und Wendo und verschreibt sich konsequent dem Breitensport. Unsere Kraft erkennen und freisetzen, gemeinsam in Bewegung sein, unabhängig davon, welche körperlichen Voraussetzungen wir mitbringen, unabhängig davon, welche Verletzungen aus der Vergangenheit uns begleiten, das ist Claudia Fingerhuths Konzept. Denn: „Du musst keine geborene Kämpferin sein, um mit uns zu trainieren!"
320 Seiten | 22,00 € (D) | ISBN: 978-3-944442-18-1

Die Sumpfschwimmerin

Inge Stein, Glückssucherin im Ostberlin der 1980er Jahre, schlägt sich durch. Ob sie Frauen liebt oder Männer, mit solchen Fragen hält sie sich nicht lange auf. Inge tut was: „Wir machen die lesbische Politik einfach zuerst." Aber den Staat mit politischen Aktionen nur zu reizen, reicht ihr nicht aus. Sex, sogar Liebe reichen ihr nicht aus. Sie begegnet Frauen aus Westberlin: „Dass sie die Straße besetzen konnten, die wir nie besetzt oder besessen hatten, war unwiderstehlich." Sie begegnet Iris, und ihre Geschichten prallen aufeinander. Nähe, Genossinnenschaft, Freundschaft, die eine Grenze unterläuft: Das ist viel. Reicht es aus? Denn Inge kann sich was Besseres vorstellen, als ein Zwerg im sozialistischen Vorgarten von Westberlin zu sein.

308 Seiten | 18,00 € (D) | ISBN: 978-3-944442-65-5

„Du bist kein Kind mehr"
Erzählungen aus dem
erwachsenen Leben

Marina steigt über einen Zaun. Kerstin wird flau, hört sie die Kaninchen trommeln. Sabine unterschlägt einen Fund, Kathrin ist ihren Call-Center-Job los, eine geht fort, eine haut ab, und nur Andrea kehrt für kurze Zeit zurück. Manchmal böse, bisweilen drastisch, melancholisch und oft komisch erzählt Ulrike Gramann von Augenblicken, in denen Kindheit und Erwachsensein sich durchdringen, von den Narben der Gewalt, den Spuren der Liebe und von der Sehnsucht nach dem Atlantik.

112 Seiten | 12,90 € (D) | ISBN: 978-3-944442-07-5

.